Charles Coffey

Die verwandelten Weiber oder der Teufel ist los

Die verwandelten

Weiber,

oder

Der Teufel ist los.

Eine komische Oper
in drey Aufzügen.

Spielende Personen.

Herr von Liebreich, ein Landedelmann.

Frau von Liebreich, dessen Gemahlinn.

Jobsen Zeckel, ein Schuhflicker.

Lene, dessen Frau.

Mikroskop, ein Zauberer.

Kellner,
Koch, } des Herrn von Liebreich.
Kutscher,
Bedienter,

Hannchen, } Mädchen der Frau von Liebreich.
Lieschen,

Andreas, ein blinder Musikante.

Verschiedene Bediente, Unterthanen und Nachbarn des Herrn von Liebreich.

Etliche Geister.

Der Schauplatz ist bald in des Herrn von Liebreichs Hause, bald in des Schuhflicker Zekels Wohnung.

(Nach dem Devil to pay or the Wives metamorphosed des Herrn Coffey.)

Charles Coffey

Die verwandelten Weiber oder der Teufel ist los

ISBN/EAN: 9783744703048

Hergestellt in Europa, USA, Kanada, Australien, Japan

Cover: Foto ©Andreas Hilbeck / pixelio.de

Weitere Bücher finden Sie auf **www.hansebooks.com**

Erster Aufzug.

Erster Auftritt.

Des Schuhflickers Haus.

Jobsen, Lene,

Lene.

Ich bitte dich, lieber Jobsen, bleib immer diesen Abend bey mir, und mache dich einmal zu Hause lustig!

Jobsen.

Halts Maul, Frau, und spinne! denn wenn mirs an Draht fehlt, so will ich dich, kraft meiner unumschränkten Macht, dafür züchtigen, wie sichs gebühret.

Lene.

Ach ja, das weis ich wohl! Wenn du in die Schenke läufft, das Deinige verthust, und voll, wie ein Sack, wieder nach Hause kömmst, so bist du kein Mensch, und hältst auch andre nicht dafür.

Jobsen.

Wie? willst du raisonniren, Rabenaas? du unterstehst dich, mein Hausregiment zu tadeln? weißt du wohl, daß ich König und Herr in meinem Hause bin?

Lene.

König und Herr! ja, du siehst einem ähnlich! —

A 2   doch

doch noch einmal, Jobsen, geh immer diesen Abend
nicht in die Schenke!

Jobsen.

Gut! ich will dir folgen, aber werde mir nicht
stolz darauf! Zu Hause werde ich zwar nicht bleiben; aber ; ; ;

Lene.

Aber da bin ich gebessert. Wenn du nicht in der
Schenke trinkst, so trinkst du bey deinen Saufbrü-
dern!

Jobsen.

Halts Maul, Ding! du wirst doch nicht verlan-
gen, daß ein Mann, wie ich, deinetwegen keine As-
semblee mehr besuchen soll? Ich bin diesen Abend zu
des Junker Liebreichs Kellner gebeten, und da will
ich mich recht fürstlich im Punsch betrinken. Wir
sollen einen Napf haben, so groß — so groß, daß
man drinnen schwimmen kann.

Lene.

Aber, lieber Mann, die Leute sprechen ja, die
neue gnädige Frau ließe niemanden über ihre Schwelle? sie gönnte ihren Bedienten nicht einen Trunk
Kofent, und hätte schon manchen von ihren Leuten
mit blutigem Kopfe fortgeschickt, weil sie nur nach
Biere gerochen?

Jobsen.

Ich wollte, daß der Henker den Zankteufel schon
lange geholt hätte: sie hat schon dem guten Junker
den Kopf ganz verrückt. Aber dem Himmel sey
Dank!

Dank! sie schmaußt einmal bey ihren Verwandten in der Nachbarschaft, und wir denken, das Ungewitter soll sie nicht nach Hause führen. Siehst du? diese Gelegenheit muß man sich zu Nutze machen. Wenn die Katze nicht zu Hause ist, so tanzen die Mäuse auf Tisch und Bänken. Wir haben einen Musikanten bestellt, und werden, wie die Böcke, herumspringen.

Lene.

O lieber Mann! laß mich mitgehen! du weißt, ich tanze so gern!

Jobsen.

Wie? verwegenes Ding! du wolltest in eine Gesellschaft von solchen glattbärtigen Kerlchen gehen, die nichts thun, als essen, trinken und schlafen? nein, nein! ich will kein Thier mit Hörnern werden.

Lene.

Ich weiß gewiß, ich würde willkommen seyn! du hast mir schon seit unsrer Hochzeit versprochen —

Jobsen.

Nichts, nichts! untersteh dich noch ein Wort zu verlieren! — Geh und spinne, oder mein Knieriem soll sich erschrecklich um dich herum winden.

> Das allerbeste Weib bleibt doch
> Des Mannes ärgste Plage:
> Doch quält sie ihn mit Zank und Schreyn,
> So häng er ihr den Brodtkorb hoch,
> Und sorge, ihr mit jedem Tage
> Den Rücken zehnmal abzubläun.

Lene.

Lene.

Ja ja, wir armen Weiber müssen immer die Sklavinnen unsrer Männer seyn.

Immer Bier und Brantewein

Muß den Herrn zu Diensten seyn:

Aber wir

Sizen hier,

Dürfen uns niemals erfreun:

Und wenn wir darüber schreyn;

Weh uns armen Weiberlein!

O die Hofmädchen sind gewiß auch dabey, und wer weiß, was vorgeht, weil ich nicht dabey seyn soll.

Jobsen.

Ich glaube gar, das Ding läßt sich einfallen, eifersüchtig zu seyn? Und wenn mirs auch einfiele, einer ans Kinn zu greifen, weißt du wohl, daß das eine Frau nicht muchsen darf?

Lene.

So? ie nun, so kann ich mir auch einmal die glattbärtigen Kerle lassen ans Kinn greifen.

Jobsen.

Wie, Muz? untersteh dichs! ich rathe dir! das ist was ganz anders. Du mußt wissen, daß der große Mogul ein ganzes Regiment von Weibern hat, und ich bin mehr, als zehn große Moguls; denn er ist doch nichts weiter, als ein blinder Heyde, der in die Hölle kömmt.

Lene.

Ich möchte auch wissen, was er mit funfzig Weibern anfangen wollte?

Jobsen.

Jobsen.

Was, was? du Närrin? das weißt du nicht? Sie schreyen ihm die Ohren voll, und er klopfet sie der Reihe nach durch. Hahaha!

Lene.

Pfui, Zeckel! ich möchte keinen großen Mogul zum Manne haben; und wenn ich funfzig Männer haben könnte, so würdest du mir doch immer der liebste seyn.

Jobsen.

Nun, das ist brav, Lene. Ich verspreche dir, ich will kein großer Mogul werden. Du verdienst, daß ich großmüthig gegen dich bin: (er suchet die Schubsäcke durch) da, Lene, hast du sechs Pfennige; thu dir was zu gute, weil ich nicht zu Hause bin.

Lene.

Ja, für sechs Pfennige; das wird was rechts werden!

Jobsen.

Wie, Närrin, bist du so reich, daß sechs Pfennige für dich nichts sind? meine ganze Kasse! Kauf dir für 1 Pfennig Aepfel, für 1 Pfennig Pflaumen, für 1 Pfennig eine Semmel, und für 3 Pfennige ein Nößel Bier, so hast du ein fürstlich Traktement. Du kannst die Katze dazu in Schwanz kneipen, so hast du Tafelmusik, und wenn du tanzen willst, so eröffne den Ball mit dem Spinnrocken. Hehehe!

Lene.

Wenn ich nun auch spräche, wenn du mich küß-

sen

sen willst: geh, reibe dir den Bart an der Schuh=
bürste?

Jobsen.

Lene, Lene, thu mir nicht so klug! So bald die
Weiber klug werden, so ist der Mann geliefert.
Wären sie es in der Stadt weniger, so brauchten
die Männer nicht so viel Bastarte zu ernähren. Fort,
an die Arbeit! führe dich hübsch mit deinem Spinn=
rocken auf: meine Gesellschaft wird auf mich war=
ten.

(Geht singend ab.)
Das allerbeste Weib bleibt doch
Des Mannes ärgste Plage:
Doch quält sie ihn mit Zank und Schreyn;
So häng er ihr den Brodtkorb hoch,
Und sorge, ihr mit jedem Tage
Den Rücken zehnmal abzubläun.

Zweyter Auftritt.
Lene alleine.

Schon gut! ich will ihm zum Possen auch das
Spinnrad nicht anrühren. — Aber es fällt mir noch
was ein. Wenn mein Zeckel dort ist, so will ich hin=
gehen, und sagen: Der Gerichtshalter hätte fragen
lassen, ob seine Schuhe geflickt wären? Die übri=
gen werden doch so höflich seyn und sprechen: „Nein,
„wir lassen Lenchen nicht wieder fort: sie muß blei=
„ben. Da, Lenchen, hat sie auch ein Gläschen
„Punsch!„ — Je nun, wenn mir Jobsen auch ei=
nen Knips gibt, —

Ohne

Ohne Müh iſt ſelten Brodt;
Freude ſelten ohne Noth;
Nie ein Ehmann ohne Plage;
Kinder niemals ohne Klage:
Doch wünſcht Jede , ſo wie ich,
Brodt und Mann und Kinder ſich!
Sie geht ab.

Dritter Auftritt.

Kellner , Koch, Bedienter, Kutſcher, Lieschen, Hannchen.

(Die Scene ſtellt einen Saal in Junker Liebreichs Hauſe vor.)

Kellner.

Nun wollte ich, daß der blinde Muſikante und unſere Nachbarn kämen. Der Napf Punſch iſt fertig. Ah! das iſt ein Getränke! — Wenn uns nur nicht der Henker unſere Frau über den Hals führet.

Lieschen.

Behüte uns der Himmel! Seit ich in dem Hauſe bin, habe ich keine vergnügte Stunde gehabt. Das iſt ein Zankteufel!

Kellner.

Ich wette drauf, auf einem Zuchthauſe gehts luſtiger zu, als bey uns. Es dauert mich nur der Junker: er iſt der beſte Herr von der Welt! Nichts als Liebe und Freygebigkeit!

Bedienter.

Seit ſie ins Haus gekommen iſt, hat ſichs Oberſte zu unterſt gekehret, vom Himmel zur Hölle!

A 5

Hannchen.

Seine vorige Frau war die Güte selbst!

Kellner.

Sie wars, ja gewiß sie wars! Ach! der Himmel gebe ihr eine sanfte Ruhe! Aber die hat eine Legion Teufel im Leibe: stets schmeißt sie wie eine Furie um sich.

Lieschen.

Wahrhaftig, ich fühls am besten! Wenn ihr früh der Spiegel die Wahrheit saget, so kriege ich gewiß ein Dutzend Ohrfeigen.

Hannchen.

Ich dächte, niemand fühlte es mehr als ich. Wenn sie des Morgens nicht ausgeschlafen hat, und vor Galle grün und gelb aussieht, so kann ich drauf rechnen, daß ich auf den Abend braun und blau aussehe.

Lieschen.

Heute Morgen foderte sie ein Glas Wasser. Ich bring ihr eins. Schwaps hatte ichs ins Gesichte. Hannchen konnte sich des Lachens nicht enthalten: Schwaps hatte sie eine Ohrfeige! Aber es soll auch die letzte seyn, die sie mir giebt. Morgen des Tages sage ich ihr den Dienst auf.

Hannchen.

Es wackeln mir noch alle Zähne davon. ——

Koch.

Ich wollte, daß sie der Henker holte! Denn führt er sie einmal in die Küche, so geht Topf und Tiegel nach meinem Köpfe: pricks pracks, ein Stück nach

dem

dem andern! Ein Zotelbär ist ein höflicher Thier, als sie. Ich fodere meinen Lohn und ziehe ab.

Bedienter.

Der Himmel steh unserm armen Herrn bey! das Teufelsweib bringt ihn noch unter die Erde. Ich will noch heute meinen Dienst aufkündigen, und damit holla: ich ziehe ab.

Kutscher.

Ihre Zunge ist in beständiger Bewegung, und sie hat eine so verdammte helle Pfeife im Halse, daß einem die Trummel im Ohre zerspringen möchte. Wer wollte in einem solchen Hause bleiben? Ein Kutscher muß gute Worte kriegen, und seine Pferde satt Haber und Heu! Ich ziehe ab. Sie mögen sehen, wo sie einen andern Kutscher herkriegen: kurz und gut, ich ziehe ab.

Kellner.

Je nun, das werde ich auch thun. Wenn man sich so viel ärgert, so bekommt einem kein Trunk. Ich sollte an meines Herrn Stelle seyn!

Koch.

Und sie sollte meine Frau seyn! Ich wollte gar anders mit ihr herum springen.

Kutscher.

Sie sollte thürängelt werden, daß es eine Art hätte.

Bedienter.

Unser Herr ist ein guter Herr. Er hat sie nicht lange: sie sieht eben so unrecht nicht aus : :

Lieschen.

Lieschen.

Ansehn hin, Ansehn her!

v. 1.

Ist das ein schön Gesicht,
Das oft die Wuth entstellet,
Dem Zorn die Nase schwellet,
Gluth aus den Augen sprühet,
Ihm Stirn und Mund verziehet?
Das wär ein schön Gesicht?
Fürwahr! ich glaub es nicht!

v. 2.

Doch ist es jenes nicht,
Das, wenn es Schönheit schmücket,
Durch Freundlichkeit entzücket,
Den Ernst durch Scherz vergütet,
Mit Lächeln selbst gebietet,
Mit Sanftmuth widerspricht?
Fürwahr! ein schön Gesicht!

Koch.

Unser Herr sollte sie nur mir in die Zucht geben!
Wenn ihr einmal die Lust ankäme, aufzurdumen,
wie wollt ich sie —

v. 1.

O dürft ich sie! wie wollt ich sie!
Der erste Topf
Flög ihr an Kopf,
Dann Löffel und Gabel und Messer!
Wie jungen Tauben dreht ich ihr
Den Hals herum: ich steh dafür,
Dann würd es mit ihr besser!

v. 2.

Ja, hätt ich sie! wie wollt ich sie!
Wie Hecht und Hahn

Fieng ich sie an
Zu kochen, zu sieden, zu braten:
Nach Gutbefinden hieng ich auch
Sie zu den Schinken in den Rauch,
Was gilts! sie ließ sich rathen.

Kellner.

Und mir sollte sie einmal in Keller gerast kommen,
und mir an meine Fässer klopfen —

v. 1.

Zuerst legt ich sie unterm Hahn,
Und ließ den Wein in Hals ihr laufen;
Da sollt und müßte sie mir saufen;
Und stünd ihr dieß nicht an:
So ruft ich meine Kellerknechte,
Wir gäben ihr die Kellerrechte
So lange, bis sie gut gethan.

v. 2.

Gefiels ihr noch nicht, fromm zu seyn;
So kriegt ich eins der größten Fässer,
Ich nähm mein großes Spündemesser,
Und spündete sie ein:
Dann wollten wir sie weidlich rütteln,
Sie rollen, durch einander schütteln,
Was gilts, sie sollte klüger seyn.

Hannchen.

Ja ja auf eine Weile! Wo der Henker aber einmal im Kopf sitzet, da muß der ganze Kopf herunter, sonst ist alles umsonst. Ich halte hier nicht länger aus: ich will einen Mann haben, und ohne gesunde Glieder bedankt sich einer.

v. 1.

Krumm und lahm
Kriegt man selten einen Mann.
Sollt ich mich denn selber hassen,
Prügeln, stoßen, schlagen lassen?
Nein, das Ding steht mir nicht an.

v. 2.

Mein Gesicht
Ist ja noch so häßlich nicht:
Aber ohne Zahn und Augen
Möcht es nicht zur Liebe taugen,
Und der Lieb entsag ich nicht.

v. 3.

Unserm Herrn
Dient ich zwar von Herzen gern,
Aber solche schlimme Sachen
Weis er doch nicht gut zu machen:
Wo er ist, ist sie nicht fern.

Es bleibt dabey, ich ziehe ab.

(Alle) Ja ja, ich ziehe auch ab. Wir ziehen alle
ab.

Vierter Auftritt.

Die Vorigen, Jobsen, der blinde Musi-
kante Andreas, und etliche Nach-
barn.

Kellner.

Willkommen, willkommen, herzlich willkommen,
alle mit einander! Nun, wie gehts, du ehrlicher, guter
Jobsen! Ich habe dir einen wackern Napf Punsch
zurechte

zurechte gemacht: ich weis gewiß, du follft mit mir
zufrieden feyn.

Jobfen.

Nun! das ift brav! ich komme auch in dem feften
Vorfaße, ob ich gleich nur ein armer Schuhflicker
bin, mich fo reich als ein Junker zu trinken. Ich
bin ein ehrlicher alter Degenknopf, und fehe den
Trunk für die befte Befchäftigung eines rechtfchaffe-
nen Kerls an.

Kellner.

Komm, Jobfen! Ihr andern Herren könnt auch
mitkommen. Wir wollen unfern Punfchnapf in
Proceffion abholen laffen.

(Sie gehen ab.)

Fünfter Auftritt.
Die Vorigen.

(Sie kommen in einem Auszuge zurück. Der Hochzicht
mit den Lichtern voraus. Ihm folget Andreas. Jobfen trägt einen großen Punfchnapf. Der Kellner und
Kellnerknecht gehn zu beyden Seiten mit zwey klei-
nern Näpfen. Die übrigen folgen paarweife mit
Gläfern in Händen, womit fie einen Carillon machen. Lichter, Punfch und Gläfer werden auf den
Tifch gefetzt. Jobfen ftellt fich in der Mitten zwi-
fchen den Kellner und Kellnerknecht, und die übrigen umher.)

Jobfen.
v. I.

Auf! holder Bachus, krön die Nacht
Mit deinen Fröhlichkeiten!

Und

Und wenn des Lebens Gram erwacht,
So hilf ihn uns bestreiten!
Auf! fülle den mächtigen funkelnden Becher,
Daß ieder getreue und durstige Zecher
Durch Singen und Springen die Freude vermehre,
Und iauchzend die schäumenden Gläser izt leere!

v. 2.

Ja, mächtger Bachus, gieb uns Kraft,
Da wir dich trinkend bitten:
Laß von dem angenehmen Saft
Kein Tröpfchen uns verschütten!
Gebiete den Stunden, die eilends entfliehen,
Daß sie sich verlängern, zu Tagen verziehen,
Und gieb sie uns öfters, damit wir in Freuden
Das Leben genießen, und frölich verscheiden.

Kellner.

Ein recht vollgestrichnes Glas her! unser gnädigster Churfürst und die ganze Churfürstliche Familie soll leben! hoch!

Alle.

Hoch!

Jobsen.

Dieß Glas gilt unsers Fürsten Heil!
Das Glück sey seiner Herrschaft Theil!
Es mögen Berg und Hügel sinken,
Wir wollen Seen trocken trinken:
Bis wieder der Berge erhabene Spizen
Von Strahlen der Sonne die Felder durchblizen.

v. 2.

Dieß bring ich, trauter Bruder, dir,
Und du, Herr Bruder, bring es mir!

Wenn

Wenn wir den ganzen Tag durchtrunken,
Bis tief die Sonn ins Meer gesunken:
So trinket, ihr niemals verdrossenen Brüder
Den Monden herüber, dann trinkt ihn auch nieder!

Sechster Auftritt.
Die Vorigen, Lene pocht an.

Lene.

Heya! heya! —

Jobsen.

Zum Henker, was für eine Heyastimme störet
uns in unserm Vergnügen?

Kellner.

Heh! herein!

Alle.

Je Leuchen, willkommen! willkommen! das ist
brav! —

Jobsen.

Was unterstehst du dich, meinem Cummando zu-
wider hieher zu kommen? Ist dir der Punschgeruch
in die Nase gefahren? warte, warte! ich will dich
hinunter in die Entenpfütze tragen, damit du dir die
Kehle ausspühlen kannst.

'Lene.

Ach! lieber Jobsen! der Gerichtsverwalter ließ
fragen, ob seine Schuhe fertig wären, und ich konnte sie nicht finden.

Jobsen.

Hättst du ihm nur gesagt, er sollte seine Fußsoh-
len mit Zwecken beschlagen! — Der Dieb hat mich

(Zweyter Band.) B ohne

ohnedieß das letztemal um ein neues Schock gestraft,
da ich zu tief ins Glas geguckt und im Dorfe, Feuer!
geschrien hatte, weil es in meiner Kehle brannte.
Ich will ihm aber das nächstemal einen Stifft von
einer halben Elle lang in seine Hufeisen schlagen,
daß er lebenslang hinken soll. — Nu, du kannst
nur wieder deiner Wege gehen. — Hey Lene, lege
indessen meinen Knieriem zurechte! du mußt für die
Verwegenheit gestraft werden, daß du mich gehin-
dert hast, dieß Glas in einem Zuge zu leeren.

(Sie fallen alle über Jobsen her, und bitten, daß er
Lenen da läßt.)

Kellner.

Pfui, Jobsen, ein Mann muß Respekt in seinem Familium haben, aber er muß nicht mit dem
Knierieme regieren. — Da Lenchen, trink eins mit
uns!

Lene.

O lieber Jobsen! du siehst, sie bitten alle, wer
wird denn so unhöflich seyn = =

Ein Bedienter.

Ja, Bruder Jobsen, es fehlt uns so an Frauen-
zimmerchen. Wir wollen eins tanzen, und deine
Frau soll unsere Ballköniginn seyn.

Jobsen.

Ha! Gälschnabel! willst du mir etwan die Kro-
ne machen?

Alle.

Ja, Lenchen muß hier bleiben.

Kellner.

Kellner.

Ja, sie muß! Ich hör sie gern singen, und ich weis, Lenchen singt, wie ein Staarmätzchen: sie muß mir eins singen —

Alle.

Ja, Lenchen muß eins singen.

Jobsen.

Nun, weils der Herr Bruder Kellner so haben will, so bedanke dich bey ihm, wenn ich einmal ein Auge zudrücke.

Lene, singe du!
Ich, ich trinke dazu,
Und kann ich nicht mehr trinken,
So will ich dir schon winken!
Izt, izt singe du!
Ich, ich trinke dazu:
Denn Izt kann ich noch trinken.

Lene.

Aber ich schäme mich vor so vielen Herren!

Kellner.

Nun nun, wenn du getrunken hast, so wirst du dich schon nicht mehr schämen.

Lene trinkt.

Wohl dann! auf Gesundheit des Herrn Kellners und der ganzen werthen Gesellschaft.

Alle.

Hoch!

Lene.

v. 1.

Ohne Lieb und ohne Wein,
Was wär unser Leben!

B 2   Alles,

Alles, was uns kann erfreun,
Müssen diese geben.
    Wenn die Großen sich erfreun,
Was ist ihre Freude?
Hübsche Mädchen, guter Wein,
Einzig diese beyde!
v. 2.
    Sieger, die des Siegs sich freun,
Fragen nichts nach Kränzen,
Sie erholen sich beym Wein
Und bey schlauen Tänzen:
    Uns drückt oft des Lebens Pein,
Doch nur, wenn wir dürsten:
Aber gebt uns Lieb und Wein:
O, so sind wir Fürsten!
Alle.
Aber gebt uns Lieb und Wein,
O, so sind wir Fürsten!
            (Sie machen ein verwirrtes Geschrey.)
Lieschen.

Ich dächte, Kinder, wir fiengen immer an zu
tanzen.

            (Sie nimmt den Koch.)
Hannchen.
Nun, Vater Andres, streicht auf.
            (Sie nimmt den Bedienten.)
Lene.
Komm er her, Herr Kellner: ich tanze mit ihm.
(Sie stellen sich in die Reihe, und fangen ein Deutsches
an zu tanzen: indem kömmt die Edelfrau mit großem
Geschrey: jedes will sich verbergen, und rennt wider
einander an.)

                                            Sie

Siebenter Auftritt.
Die Vorigen, Herr und Frau von Liebreich.

Edelfrau.

Himmel und Erde! was giebts in meinem Hause?
Ist der Teufel gar los? was für eine Heerde wil-
der Menschen ist hier? = = (zum Kellner) Hey
Schlingel, rede!

Herr von Liebreich.

Seyn Sie ruhig, meine Liebste! ich seh es gern,
wenn meine Leute sich nach der Arbeit eine kleine Er-
götzlichkeit machen.

Edelfrau.

Bekümmern Sie sich um sich! ich will in meinem
Hause Herr seyn.

Herr von Liebreich.

Ich dächte, Madam, dieß Haus gehörte mir so
wohl als Ihnen?

Edelfrau.

So? habe ich Ihnen darum so viel zugebracht,
daß Sie meiner vor dem Pöbel so mißhandeln?
Wissen Sie nicht, wer hier zu befehlen hat? Gehen Sie zu Ihren Hunden und Pferden, wo Sie
hingehören: ich aber will hier befehlen und mir nicht
von einem solchen Dorfjunker, wie Sie sind, wider-
sprechen lassen.

Herr von Liebreich (bey Seite.)

Nun! das heißt auch an ein beständiges Ungewit-

ter

ter verheyrathet seyn; bald werde ichs nicht länger
ausstehen.

Edelfrau.

Ihr lüderlichen Schurken und unverschämten
Menscher! ich will euch lernen Leckerbischen fressen
und mich bestehlen!

Kellner.

Ich dachte, gnädige Frau, weil Sie heute nicht
zu Hause wären, wir dürften uns auch einmal einen
Feyertag geben.

Edelfrau.

Einen Feyertag, Schlingel? einen Feyertag auf
deinen Kopf! (sie reißt ihm die Mütze aus der Hand,
und schlägt ihn damit) — Und du, Mutz, (zu einer
von den Mädchen) unterstehst dich, nach einer lüderlichen Fidel herum zu springen?

(Sie zupst sie bey den Ohren.)
Lieschen.

Au weh! meine Ohren! meine Ohren!

Herr von Liebreich.

Ich bitte, Madam, vergessen Sie doch Ihr Ge-
schlecht und Ihren Stand nicht.

Edelfrau.

Und Sie nicht Ihren Unverstand! Sie sollen mir
nicht Lehren geben; Ich leide es ein für allemal
nicht — (Zum Kutscher) Wer steht denn hier so ein-
gewickelt? Je du infamer Kerl = = =

(Sie schlägt sie alle, Jobsen kriecht immer durch.)

(Zu Jobsen) Und du, Spitzbube, was machst du in
meinem Hause?

Jobs

Jobsen.

Ich bin ein ehrlicher braver Schuhflicker und großer Sänger! Wenn Ihro Gnaden fleißiger in die Kirche giengen, so würden Sie mich über die ganze Gemeinde wegschreyen hören.

Edelfrau.

Warte! warte! ich will es hier hören!
(Sie schlägt auf ihn los.)

Jobsen.

Verflucht! ist denn hier gar der Teufel los?

Das allerbeste Weib bleibt doch
Des Mannes ärgste Plage: —

Edelfrau.

Wie, Spitzbube, Kerl, Schurke! du unterstehst dich = =

Herr von Liebreich.

Nun, wird das Ding denn nicht bald ein Ende nehmen? Nein! das ist unausstehlich!

Edelfrau.

Ich unglückliche Frau! ach! konnte der Himmel wohl einer so frommen und christlichen Frau, als ich bin, einen so gottlosen Mann geben!

Lene.

(kriecht immer ihrem Manne nach.)

O wäre ich doch nimmermehr hieher gekommen!

Jobsen.

Da siehst du, wies geht, wenn man seiner Obrigkeit nicht gehorchet!

Edelfrau (wird sie gewahr.)

Ha! was ist denn das für ein Nickelchen?

Job=

Jobfen.

Es ist eine ehrliche Frau! O wenn alle Weiber so unter der Herrschaft des Knierlems, wie sie, stunden, so würden sie sich nicht so ungebärdig stellen.

Edelfrau.

Was murmelst du da in Bart, Kerl?

Jobfen.

Das allerbeste Weib bleibt doch
Des Mannes ärgste Plage: —

(Lene hält sich beständig an ihren Mann an; die,
ser lehrt immer wieder zurücke, wenn ihn die
Edelfrau fortgejagt hat und singt:)

Das allerbeste Weib ꝛc.

Edelfrau.

Dieb! Spitzbube! Galgenschwengel!

(Jobsen läuft endlich mit Lenen davon: sie wird den
blinden Musikanten, Andreas, gewahr.)

Edelfrau (zum Andreas.)

Und du, blinder Dieb, unterstehst dich noch hier zu lehnen? warte! ich will deinem Gequäcke auf ein mal ein Ende machen.

(Sie reißt ihm die Geige aus der Hand und zer-
schlägt sie an ihm.)

Andreas.

Mord! Mord! ich armer blinder Mann! welchen Weg soll ich laufen? — O Himmel! meine Gei ge! womit werde ich nun meine Frau und Kinder ernähren!

Herr von Liebreich.

Hier, armer Mann, nehmt euren Stock und geht!
— da habt ihr etwas, kauft euch eine andere.

(Er führet ihn ab.)

Edelfrau.

Immer geschenket und immer gegeben,
Sich selbst nicht, und nur andern leben,
Heißt bey Verschwendern, wohlgethan!
Man giebt, verschenket, füllt müßige Hände,
Daß die wohlthätige Großmuth am Ende
Selbst hungern oder betteln kann.

In Wahrheit, Sie sind sehr freygebig. Darnach
darf man sich wundern, wo das Geld hinkömmt?

Herr von Liebreich.

Lassen Sie sich unbekümmert! Es hat Ihnen bey
mir noch an nichts gefehlet, und ich bin nicht Wil-
lens, Ihnen von jedem Groschen Rechenschaft zu
geben.

Edelfrau.

So? wollen Sie mir etwan gar verbieten, daß
ich nach meinem Eingebrachten fragen soll?

Herr von Liebreich.

Ich sehe, man muß sich verheyrathen, wenn man
in der Welt recht unglücklich werden will; aber da
man sich endlich durch eine Ehescheidung helfen kann,
· · (Es pocht jemand) Heh! ist keiner von den Bedienten da? — doch die armen Leute werden alle von
mir verscheucht.

B 5　　　　　Ach-

Achter Auftritt.
Die Vorigen, Kellner.
Edelfrau.

Ihr lüberlichen Schurken! wo steckt ihr denn alle?
Wer pocht?

Kellner.

Ihro Gnaden, es ist der Herr Dokter Mikroskop
hier; ein großer Mann, wie die Leute sagen.   Er
hat sich, glaube ich, aufs Sterngucken gelegt, sagt
einem alles, was man wissen will, hilft einem zu
allem, was man verlohren hat, und soll so gar Ka-
lender machen.

Edelfrau.
Was will der Kerl hier?

Kellner.

Er hat sich unterwegens verirrt, und bittet um
ein Nachtquartier; — da kömmt er selber.

(Geht ab.)

Neunter Auftritt.
Zauberer, die Vorigen.
Zauberer.

Ihro Gnaden verzeihen, daß ich zu einer so unge-
legenen Zeit komme.   Die Nacht hat mich überfal-
len, und es ist so finster, daß ich schwerlich den Weg
nach Hause finden möchte.   Vergönnen Sie mir
nur diese Nacht über einen kleinen Aufenthalt unter
Ihrem Dache = =

Edel-

Edelfrau.

Wie? was? einen Hexenmeiſter? einen Zaube=
rer? einen Zigeuner? das fehlte mir noch! fort!
hinaus aus meinem Hauſe!

Herr von Liebreich.

(Bey Seite) Madam, ſchämen Sie ſich doch! Ich
kenne den Mann = = Mein Herr, nehmen Sie es
ja nicht übel! Meine Frau iſt bisweilen etwas wun=
derlich; allein = =

Zauberer.

O ich ſehe es! Welch eine Veränderung iſt hier
ſeit Ihrer ſeeligen Frauen Tode vergegangen! bey
ihr war ich gar kein unwillkommner Gaſt.

Edelfrau.

Da kommſt du mir recht, Kerl, wenn du mir
von ſeiner ſeeligen Frau anfängſt. Solche Tauge=
nichts, wie du, könnten das Grabſcheit in die Fäu=
ſte nehmen. = = Wo du mir nicht den Augenblick
zum Hauſe hinaus gehſt, ſo laß ich dich hinaus prü=
geln.

Herr von Liebreich.

Sie ſehen, mein guter Freund, daß ich bey mir
ſelbſt nicht Herr bin. Aber gehen Sie nur in das
nächſte Gäßchen, da wohnt ganz an der Ecke ein
Schuhflicker; hier warten Sie ein wenig; ich will
indeſſen bey einem meiner Pachter fragen laſſen, ob
er Sie beherbergen kann; er ſoll Sie alsdann dort
abholen.

Edel=

Edelfrau.

Geh mir aus den Augen, Schurke, oder ich ver-
greife mich noch selbst an dir!

Zauberer.

Ich danke Ihnen, gnädiger Herr. Glauben Sie
nicht, daß ich ohne Absicht hieher gekommen bin;
denn ich hätte im ganzen Dorfe eine Herberge ge-
funden. — Aber die Liebe für Sie = = Ihre Unru-
he = = Ihre Gemahlinn! = = Noch diese Nacht soll
sie meinen Zorn fühlen. Sie sollen glücklich werden, oder — die Gestirne sollen mir meine Wissen-
schaft nicht umsonst gegeben haben.

(Geht ab.)

Edelfrau.

Ich glaube, der verfluchte Kerl droht mir gar?
und Sie können dieß anhören, ohne sich zu rühren?
— Das Ding muß in meinem Hause anders werden, oder ich will meinen Kopf nicht sanfte legen.

Herr von Liebreich.

Ja, ja, es soll anders werden: gedulden Sie sich
nur! Es wird auch noch ein Mittel seyn, mir Ruhe zu verschaffen, und wenn es das äußerste wäre!

Edelfrau.

Das wollen wir sehen, das wollen wir sehen!

(Geht ab.)

Herr von Liebreich.

Gewährt mir, ihr Götter, das einzge Begehren!
O habt ihr kein Mittel mein Weib zu bekehren,
So führet sie zu dem entferntesten Strand;
Hier sey sie von meinen Augen verbannt!

Wo

Wo nicht, so weist mir aus Erbarmen
Nur eine niedre Hütte an,
Wo ich, der Freyheit in den Armen,
Froh leben, ruhig sterben kann.

(Geht ab.)

Zehnter Auftritt.

Des Schuhflickers Haus.

Lene alleine.

Unfehlbar ist mein Zeckel noch in die Schenke gelaufen, um sich ein wenig seines Schadens zu erholen, da uns die garstige Edelfrau die Freude verderbt hat. — Ich muß geschwind, weil ich noch alleine bin, einmal Schnupftabak nehmen: — (sie zieht ein blechernes Schächtelchen heraus) ich weis nicht, seit mirs mein Mann verboten hat, schmeckt mirs erst gut, ob ich gleich nicht weis, warum?

Verbietet nur etwas der Frau, ihr guten Herrn!
Ihr könnt uns doch nicht hüten:
Dann thut mans erst, dann thut mans gern,
Weil Männer es verbieten.
Sonst hieß ich nur den Tabak Quark,
Schalt ihn und nahm ihn nie ,

(sie nimmt Tabak)
Pfui, beißt er doch , (sie niest) Izi, izi,
Izi — das Ding ist gar zu arg,
Izi, izi, izi!

Eilster

Eilfter Auftritt.
Lene, Zauberer.

Lene.
(sie fährt zusammen, da sie ihn sieht)

Ah! was will der schwarze Mann hier? es muß
wohl gar ein Magister seyn!

Zauberer.

Seyd Ihr es nicht, mein liebes Kind, wo ich warten soll, bis mich ein Bedienter des Junkers zu einem seiner Pachter führen soll?

Lene.

Ich weiß von nichts, lieber Herr! aber wenn Ihr
es haben wollt, so will ich Euch wohl hinführen,
wo Ihr hin wollt.

Zauberer.

Ist nicht Euer Mann ein Schuhflicker?

Lene.

Ja, Jobsen Zeckel, mein Herr!

Zauberer.

Und Ihr heißt - -

Lene.

Hübsche Leute heißen mich nur Jobsens Lenchen,
oder Frau Zeckeln: mein Mann aber heißt mich
kurzweg, Lene.

Zauberer (bey Seite.)

Ha! meine Rache ist so gut als vollzogen. (zu Lenen)
Ihr werdet mich also zum Pachter führen, Leit-
chen?

Lene.

Lene.

Warum nicht? und wenns noch zehnmal weiter
wäre!

Zauberer.

Ich danke Euch, meine liebe Frau, und damit
ich Eure Höflichkeit in etwas vergelten möge, so
will ich Euch Euer Glück wahrsagen.

Lene.

O Gemine, ich habe mir in meinem Leben nicht
wahrsagen lassen. — Aber was Gutes?

Zauberer.

Laßt mich einmal Eure Gesichtszüge betrachten.

Lene.

Hihihi: ich schäme mich. Mein Gesicht sieht nicht
gar zu reinlich aus, ich will mich erst waschen.

Zauberer.

Kommt! Kommt! Ihr habt ein gutes Gesicht;
Ihr dürft Euch dessen nicht schämen; — bald wer=
det Ihr es an vornehmen Orten zeigen müssen.

Lene.

Ich? warum nicht gar? Ich rede ja so tumm,
und gar nicht wie vornehme Leute.

Zauberer.

Man braucht nicht vornehm zu seyn, um gut zu
reden. Drücket Euch aus, wie es Euch die Natur
lehret, und fasset einen Muth! Morgen, ehe die
Sonne aufgeht, werdet Ihr das glücklichste Weib
in dieser Gegend seyn!

Lene.

Lene.

Ey! das wäre doch artig! morgen schon? Da ist
ja nur ein Tag dazwischen! wie kann das seyn?

Zauberer.

Ihr sollt nicht mehr durch Euren unbarmherzigen
Mann beunruhiget werden. Ich weis es, daß er
stets auf Euch schimpfet und losschlägt.

Lene.

(Bey Seite) O Gemine! Auch das weis er! er
muß gewiß ein Hexenmeister seyn. — (Zum Zauberer)
Ja, ja, mein Mann ist wohl ein bischen arg, und
wenn er einen Rausch hat, so krieg ichs zu fühlen:
doch das hat so gar viel nicht zu bedeuten.

Zauberer.

Ich sehe schon im Geiste schöne Möbeln, Kleider,
Bedienten, und endlich gar einen Junker in Eurem
Gesichte.

Lene.

Ich? einen Junker im Gesichte? o lieber Herr,
wo steht er denn?

Zauberer.

Hier unter Eurem linken Auge — ja ganz deut-
lich!

Lene.

Unterm linken Auge? Schon so oft habe ich in
mein Stückchen Spiegel geguckt und ihn niemals
gesehen, — und was soll denn Zeckel haben?

Zauberer.

Eine Edelfrau!

Lene.

Pfui! Zeckel muß mich alleine haben.

Zau-

Zauberer.

Seyd ruhig! Genug! ehe der Tag anbricht, werdet Ihr die reichste Frau im Dorfe seyn, und in einer Kutsche fahren.

Lene.

In einer Kutsche? Geht, Ihr veriret mich!

Zauberer.

Ich schwöre Euch bey meiner Kunst: Ein, zwey, drey Kutschen werdet Ihr haben. Doch seht Euch wohl vor! fasset ein Herz! lasset Euch Eure Verwandlung nicht merken, thut wie eine Edelfrau; sonst — wird das Aergste folgen.

Lene.

Nun, nun, wenns darauf ankömmt, so will ich gewiß wie eine vornehme Frau thun. = = Ah! muß ich denn auch recht hochmüthig, recht boshaft seyn, und über alles die Nase rümpfen? Das thun ja wohl auch die vornehmen Damen?

Zauberer.

Nein, man kann gefällig, liebreich, freundlich gegen jedermann, und doch eine vornehme Frau seyn.

Lene.

Nun, das ist gut, denn das würde mir sehr sauer geworden seyn. = = O Gemime, eine Kutsche! eine Kutsche!

Mein schwellend Herz hüpft mir vor Freude,
Schon seh ich mich im goldnen Kleide,
Und bin nicht Ieckels Lene mehr;
Wie schön, wenn ich, wie große Leute,

Mich

Mich Frau Genaden rufen hör:
Da soll man mich, gepuzt wie Bräute,
Zu Bällen und Comödien
In einer Kutsche fahren sehn:
Wie herrlich wird das Lenen stehn!
O eine Kutsche! eine Kutsche!

Zwölfter Auftritt.
Die Vorigen, Jobsen.

Jobsen macht große Augen.

Was zum Henker macht der schwarze Kerl hier?

Lene.

O lieber Jobsen! es ist ein recht feiner Mann:
er hat mir wahrgesagt: o was für artige Dinge hat
er mir nicht gesagt!

Jobsen.

Dir wahrgesagt, und mir vielleicht ein schönes
Paar Hörner auf den Kopf gepflanzet, heh?

Zauberer.

Dein Weib ist tugendhaft, und du sollst durch sie
glücklich werden.

Jobsen.

Was? was? glücklich? durch einen so rupfichten
schwarzen Teufel? Ich will nicht durch solche Schurken, wie du bist, durch Mackemäthzier und Kalen-
dermacher glücklich werden.

Lene.

Ach! lieber Mann, sey nicht so böse, wir sollen
reich

reich werden, und eine eigne Kutsche haben, eine
Kutsche!

Jobsen.

Eine Kutsche! hahahaha! Narr! einen Schubkar-
ren, eine Radeberge – – der Henker hohl! ich glaube, der Balg ist besoffen. Fort zu Bette!

(Er schlägt sie.)

Lene.

Ach, der Himmel sey mir gnädig! ist das der An-
fang von meinem großen Glücke?

Zauberer.

Halt, unverschämter Mann! was thust du – –

Jobsen.

Hinaus aus meinem Hause, Dieb! oder ich will
dich mit meinem Knieriem hinaus führen.

Zauberer.

Ich gehe, nichtswürdiger Kerl: aber – –

Jobsen.

Schier dich fort, da hast du noch etwas auf den
Weg. — (Zu Lenen) Komm fort! zu Bette, Lene!
daß du die Kutsche ausschläfst, sonst will ich sie dir
austreiben.

Ende des ersten Aufzugs.

Zwey-

Zweyter Aufzug.

Erster Auftritt.

Der Schauplatz stellt die Nacht und das freye
Feld vor des Schusters Hütte vor.

Zauberer alleine.

Wohlan! ich muß mein Vorhaben ausführen: es
soll hier eine Verwandlung vorgehen, die mich wegen der angethanen Beleidigung rächen, und, wie
ich hoffe, jedes bessern soll.

(Er macht mit dem Zauberstabe einen Zirkel.)
Auf naht euch, ihr dienstbaren Geister, herzu!
Erschein itzt, o Nabischog, Nadir, auch du!
Die Zeit ist dringend, auf! ohne Verweilen!
Ich will euch geheime Befehle ertheilen.
Die Klarheit der Sonne verscheucht euch nicht,
Der Mond verbirget sein sterbendes Licht!
Die Erde, bedeckt vom schwärzesten Flor,
Liegt tief im Schlaf, drum eilet hervor!
(Die Geister erscheinen.)
Sag, Herr! was sollen wir vollziehn?

Zauberer.

Eh noch der Finsterniß Schatten entfliehn,
Sollt ihr zum Weibe des Schusters hier wandeln,
Und sie in Liebreichs Gemahlinn verwandeln;
Doch Liebreichs Gemahlinn verwandelt dafür
In Lenen, das Weib des Schusters allhier:
Laßt sie die Erscheinung so mächtig bethören,
Damit sie nicht wissen, wohin sie gehören;

Dann

Dann führt sie in einer bezauberten Ruh,
Dem Junker die Lene, und Jobsen die Edelfrau zu!
Und dieser Beräubung den Nachdruck zu geben,
So läßt sich Sturm, Donner und Blitzen erheben.
                    (Es donnert und blitzt.)

Zweyter Auftritt.
Des Schuhflickers Haus.

(Die Geister bringen den schlafenden Jobsen getragen,
setzen ihn vorn aufs Theater hin, und legen ihn mit
dem Kopfe auf seinen Sessel: Jobsen erwacht, nach-
dem sie fort sind, gähnt und sieht sich voll Verwunderung über sein Lager um.)

Jobsen.

Wie? wache ich oder träume ich? Bin ichs oder
bin ichs nicht? -- das ist doch ein verwünschter
Streich! — Hier liege ich, wie ein Kalb —
(er befühlt sich) angezogen? der Henker hohl, vom
Kopfe bis auf die Füße angezogen! — Hm! ich
bin doch gestern nicht so besoffen gewesen, daß ich
nicht von meinen fünf Sinnen gewußt hätte? —
Vermuthlich bin ich gar mondensüchtig geworden,
oder der Teufel, der itzt auf dem Edelhofe residiret,
hat sich mit mir eine Carnevalslustbarkeit machen
wollen; — Es ist mir, als wenn ichs den Morgen
jämmerlich hätte donnern und blitzen hören; bald
sollte ich gar glauben, daß mich ein Erdbeben aus
meiner Bucht geworfen = = aber da könnte ich doch
nicht angezogen seyn? — Doch bin ich nicht ein
Narr, daß ich mir darüber den Kopf zerbreche?

                    C 3   Deß-

Desto besser, so brauche ich mich nicht erst anzuzie-
hen — (er thut, als ob er nach dem Himmel sähe)
es muß wohl schon um fünfe seyn? heh! Lene! heraus! zünde die Lampe an! — sie schnarchet noch-
wie ein Kettenhund: ich muß sie nur noch ein Vier-
telstündchen schlafen lassen, sonst schläft sie mir beym
Spinnrade ein.

(Er schlägt Feuer auf und zündet die Lampe an.)

Edelfrau.

Nun! was ist das für ein Lärmen in meinem Zimmer?

Jobsen.

Der Alp träumt; = = warte, ich will dir ein
Morgenlied singen, daß du munter wirst:

Unter allen Handwerken von Osten bis Westen
Ist immer des Schuhflickers eines der besten:
Denn welche Kunst bessert, was vorher versehrt,
Dieselbe wird billig vor andern geehrt.
O rühmlicher Schuster, der alle Schuhsolen
Von seinen werthen Nachbarn flickt!
Der niemals zum Schuhen das Leder gestohlen,
Und alte Schuh neu wiederschickt.

Edelfrau.

Was für ein Schlingel untersteht sich, mich durch
sein Brüllen aus dem Schlafe zu stören? warte,
ich will dir lernen, wenn ich aufstehe!

Jobsen.

Was zum Henker! redt sie im Schlafe, oder
dreht ihr das Gläschen Punsch noch den Kopf herum?

v. P

v. 1.

Es war einmal ein junges Weib
Dem Buhlen sehr ergeben:
In manchem süßen Zeitvertreib
Verfloß ihr frohes Leben:
Doch bald war es um sie gethan:
Sie starb und reiste nach dem Himmel:
Da war es zu; mit viel Getümmel
Klopft sie hier ungeduldig an.

v. 2.

Da lief ihr Mann schnell an die Thür:
„Ich! wer klopft an der Thüre?„
Sie schrie, dein seelges Weib ist hier,
Geschwind mach auf! ich friere.
Ey, sprach er, frier du immerhin,
Es ist kein Platz für deines gleichen:
Ich will nicht wanken und nicht weichen,
Rief sie, so wahr ich ehrlich bin!

Edelfrau.

Das ist nicht auszustehn! kann ich denn keine
Klingel finden? wo sind meine Kerls? Jakob, Frie=
drich, Christian! Welcher Flegel hat sich unterstan=
den, sich in mein Zimmer zu schleichen? Unfehlbar
ists der Schlingel von Kutscher, der immer vom
frühen Morgen an nicht nüchtern wird. = = Warte,
warte, so bald ich aufstehe, sollst du zum Henker
gejagt werden!

Jobsen.

Hui! der Hexenmeister hat ihr von einer Kutsche
vorgeschwatzt, und itzt träumt ihr vom Kutscher und
der Equipage. — Ich muß mir doch die Lust ma=
chen und sehen, wie lange das währt?

C 4

v. 3.

v. 3.

Ich will und muß troß dir hinein,
Und deinen Brudern allen:
Nur ihr seyd Schuld an unsrer Pein,
Und daß wir sind gefallen:
Hat Adam nicht einst das Gebot
Zu Liebe seiner Frau gebrochen?
Als dieser hört, was sie gesprochen,
So läuft er fort und ist halb todt.

Edelfrau.

Wie! mein Gemahl! Herr von Liebreich! Sie
leiden, daß man mir so mitspielet? — Heh! wo
sind Sie? = = ganz gewiß schon wieder auf der ver=
fluchten Jagd!

Jobsen.

Gemahl? Herr von Liebreich? was zum Henker,
hat sie mich etwan gar zum Edelmanne gemacht?
Mein Name ist Jobs Zeckel: — ein artiger Spaß!
Gemahl! Herr von Liebreich!

Edelfrau.

Ja, ja, er ist fort!

(Zeckel nimmt die Lampe, geht an ihr Bette, und
zieht den Vorhang auf: sie erschrickt, da sie sich in
Leuens Kleidung erblickt.)

Himmel! wo bin ich? pfui, welch ein Geruch! ein
grobes Betttuch! ein schmutziger Vorhang! eine rau=
che Bettdecke! wache ich oder ists ein Traum? Wo
bin ich? wer hat mich hieher gebracht? Wer ist der
Schelm da? — ah! ich glaube gar, ich sehe den
Schlingel von Schuhflicker aus unserm Dorfe?

Jobsen.

Jobsen.

Es könnte seyn; — das ist aber doch erstaunend! dergleichen Zeug habe ich in meinem Leben nicht von ihr gehöret. = = Heh! wenn ich meinen Knieriem kriege, so sollst du deinen Mann schon kennen lernen: ich will dich Mores lehren; verstehst du mich?

Edelfrau.

O die Unverschämtheit ist nicht auszustehen! Du? mein Mann? Hängen will ich dich lassen, Spitzbube! Ich bin eine Dame! — Sage mir, wer hat mir den Schlaftrunk eingegeben und mich hieher gebracht?

Jobsen.

Einen Schlaftrunk! Einen Schlaftrunk! Würkt der Punsch noch bey dir? So gehts, wenn man so einen lieben frommen Mann hat, wie ich bin. Hätte ich dir nicht bey dem Punschglase durch die Finger gesehen = =

Laßt den Weibern nur den Willen,
Seht, was kommt zuletzt heraus?
Legionen Teufel füllen
Ihren Kopf und euer Haus.
Weh dem Mann, der widerspricht!
Was er will, das will sie nicht,
Doch sie will, will nur nicht er,
Sie zieht hin, und er zieht her.

Edelfrau.

O! was hat mein gottloser Mann mit mir vorgenommen? = = Hanne, Ficke, Christiane, wo steckt ihr?

Jobs

Jobsen.

Ahahaha! itzt ruft sie gar ihre Mägde! der Hexenmeister hat sie rasend gemacht.

Edelfrau.

Er schwatzt vom Hexenmeister! gewiß ist da was vorgegangen! — Ah! was sind das für Kleider? — (sie bemerkt eines nach dem andern) Ein elendes wollenes Wams? Eine baumwollene Haube? Ein grober Friesrock? o ich bin aus meinem Hause durch Zauberey weggebracht! Was soll ich anfangen? was soll aus mir werden?

(Man bläst draußen die Hörner.)

Jobsen.

Horch, Lene! die Jäger lassen sich schon mit den Hörnern hören! Nu, du faules Rabenaas! es ist heller lichter Tag. An die Arbeit! an die Arbeit! komm, spinne, oder ich will dir spinnen lernen! Zum Henker! soll ich schon zwo Stunden des Morgens vor dir an der Arbeit seyn?

Edelfrau.

Wie? unverschämter Kerl! kennst du mich nicht?

Jobsen.

Ich, dich kennen? o ja, mehr als zu gut, und du sollst mich auch kennen lernen, eh eine Minute ins Land kömmt.

Edelfrau.

Ich bin des Herrn Hanns von Liebreichs Gemahlinn, und du, ein Schurke!

Job-

Jobsen.

Des Junker Hanns von Liebreichs Gemahlinn?
— Nein, nein, Lene! so gar schlimm bist du doch
noch nicht. Der verdammte karge, tolle Teufel
martert jeden, wer ihr zu nahe kömmt, halb todt:
o wenn sie meine Frau wäre, ich wollte sie zusam=
men karbatschen = =

Edelfrau.

Nein, länger kann ichs nicht ausstehen: Du un=
verschämter Flegel, ich will dich kriegen!

(Sie wirft die Betten, und alles was ihr in die Hände
kömmt, nach ihm.)

Jobsen.

Ich bin ganz starr und steif vor Verwunderung!
In meinem Leben habe ich noch nicht ein böses Wort
von ihr gehöret! auf einmal = = Komm, Knieriem!
ich will die Wirkung deines mächtigen Kitzels ver=
suchen: Warte, Nickel, ich will dich nüchtern ma=
chen.

(Er prügelt sie.)

Edelfrau.
Mörder! Diebe! Mörder!

Jobsen.

Frau! hör einmal mit den Narrenspossen auf und
geh ans Spinnrad! sonst will ich dich so abschmie=
ren, als du dein Lebetage nicht bist gegeißelt wor=
den, seit du einen Daum bist lang gewesen. Da!
nimms Rad in die Fäuste!

(Sie wirft es zu Boden; er schlägt sie.)

Edel=

Edelfrau.

Halt, halt! Ich will gern alles thun!

Jobsen.

Nun, ich dachte doch, daß ich dich wieder zu Verstande bringen wollte.

Edelfrau.

Was soll ich thun? — (auf die Seite) Ich kann nicht spinnen.

Jobsen.

Nun, spinne, Rabenaas! — Ich will auch an meine Arbeit gehen: Es ist schon über und über Tag.

(Er trägt seine Sachen zusammen.)

v. 1.

Laßt die Großen immerhin
Sich mit Staatsgeschäften plagen;
Eines Schusters froher Sinn
Darf darüber niemals klagen.
Es kann ihn allein:
Durch Lärmen und Schreyn,
Sein Weib bisweilen vexiren;
Doch alsdann muß er sie schmieren.

v. 2.

Er braucht nicht des Glückes Macht,
Dieser falschen Hexe, Gnaden;
Da sie ihn so klein gemacht,
Was kann sie ihm weiter schaden?
Ihn störet niemal
Der Gläubiger Zahl:
Denn sucht er gleich wo zu borgen,
So traut ihm niemand bis morgen.

Drit-

Dritter Auftritt.
Jobsen, Edelfrau, Lieschen.

(Es klopfet jemand.)

Jobsen.

Heh! Lene! mach auf!

Edelfrau (geht und macht auf.)

(Bey Seite.) Himmel! was seh ich? — Meine
Stubenmagd? — Ich muß hinter die gottlose Hi-
storie kommen? — O! wo werde ich noch die Ge-
dult hernehmen! — ich muß hören, was sie einander sagen.

Jobsen.

Je, was will sie denn schon so früh, Jungfer
Lieschen?

Lieschen.

Ich wollte sehen, ob meine Pantoffeln fertig wären? Denn steht unsere Frau auf, so ist der Teufel
los. Da wollte ichs nicht wagen, einen Schritt
über die Schwelle zu thun.

Jobsen.

Meine Frau hat sie schon gestern hinbringen sollen; aber da hat das Rabenaas den Zauberdoktor
bey sich gehabt, der hat ihr das ganze Gehirn verrückt. Gewiß genug hat sies auch drüber vergessen.

Edelfrau.

Ah! nun weis ich, wem ich mein Unglück zu dan-
ken habe!

Lieschen.

Ihr könnt sie selber fragen, ob sie mir was gebracht

bracht hat. Ich habe sie gestern nicht weiter gese=
hen, als da uns unsere verzweifelte Frau in der be=
sten Lust störte.

Jobsen.

Apropos! hat sich das Wetter noch nicht gelegt?

Lieschen.

Was gelegt? sie hat noch den ganzen Abend wie
ein Ungeheuer getobt.

Edelfrau. (bey Seite)

O ich kann es nicht mehr aushalten!

Lieschen.

Wo ist sie, ist der Teufel los.
Toben und Schreyen,
Kratzen und Speyen,
Das kann sie blos;
Wo sie ist, ist der Teufel los.

Jobsen.

Nein, was sagt aber der Junker dazu?

Lieschen.

Was will er sagen?
Er darf nichts wagen;
Sonst kriegt er selber einen Stoß,
Und alsbald ist der Teufel los.

Edelfrau.

Das ist nicht auszustehn! (zu Lieschen) Kennst du
mich, Nickel?

Lieschen.

Was fällt Eurer Frau ein, Meister Jobsen?

Edelfrau.

Wie? ich seine Frau? Du thust, als ob du mich
nicht

nicht kenntest, Vettel? warte, ich will dirs lernen!

(Sie schlägt auf sie los.)

Lieschen.

Zu Hülfe! zu Hülfe! Meister Jobsen!

Jobsen.

Bist du rasend? ha, ich muß dir helfen!

(Er schlägt auf sie zu, indem sie Lieschen schlägt.)

Lieschen.

Au weh! sie bringt mich um!

Edelfrau.

O weh! du bringst mich um!

Jobsen.

Das will ich. Geschwind nieder auf die Knie!

Edelfrau.

Ich? auf die Knie?

Jobsen.

Ja, nieder auf die Knie! bitte ab, oder = =

Lieschen.

Was habe ich Euch aber gethan?

Jobsen.

Nieder, nieder
Auf die Knie!
Oder sieh!
Ich fange wieder
Dich zu hämmern an,
Bis ich nicht mehr kann = =
Nieder! Nieder
Auf die Knie!

Edelfrau.

O Himmel! welche Demüthigung!

Jobsen.

Himmel! welche Halsstarrigkeit! — Ich frage,
willst du, oder willst du nicht?

Nieder! nieder

Auf die Knie!

Edelfrau.

Nun und nimmermehr!

Lieschen.

Meister Jobsen, ich glaube, sie ist verrückt: Laßt
sie nur gehn.

Jobsen.

Nein, meine Autorität würde drunter leiden.

Edelfrau.

Was soll ich anfangen? — O! ich bin außer mir,

Jobsen (stößt sie nieder.)

Mit eigner Hand bring ich dich um! = = Nun!
bete mir nach: Jungfer Lieschen — ich bitte —

Edelfrau.

Jungfer = = o! was muß ich ausstehen!

Jobsen.

O was muß ich erleben! Fort! Jungfer Lieschen = =

Edelfrau.

Eine Frau von meinem Stande so zu traktiren?

Jobsen.

Sprich nach: Eine Jungfer von solchem Stande
so zu traktiren?

Lieschen.

O laßt sie gehn, Meister Jobsen, ich vergebe es
ihr.

Job

Jobsen.

Nein, zum Henker! sie muß behert seyn! Wenn ich berauscht wäre, so dächte ich, es träumte mir; aber noch ist kein Tropfen Branntewein über meine Zunge gekommen.

Lieschen.

Lebt wohl, Meister Jobsen!

Jobsen.

Sie hätte billig erst die Execution abwarten sollen!

(Indem er Lieschen bis an die Thüre begleitet, will sie davon laufen.)

Ha! wo willst du hin? warte, ich will dich gleich an die Arbeit, du heßliches Thier!

Edelfrau.

(Bey Seite) O! ich weiß nicht mehr, was ich anfangen soll! Mein Herz berstet vor Wuth! Wenn ich nur dasmal entfliehen könnte!

Vierter Auftritt.
Jobsen, Edelfrau.
● Jobsen.

Nun, Rabenaas! wirst du dich bald geben? Siehst du? ich habe noch Fäuste, und so lange die noch ganz sind, soll deine Haut nicht ganz bleiben, wenn du mir solche Sprünge machst! — Da blase die Lampe aus! Es ist heller, lichter Tag!

(Sie bläßt das Licht aus; er setzet sich auf seinen Schemel und fängt an zu arbeiten; und sie geht an ihr Spinnrad)

Um Kirchthurm schwatzen schon die Dohlen
Krakrakrakra.
Hahahaha!
Es kräht der Hahn kikrikikri.
Hihihihi!
Der Guckguck ruft Cucu;
Ich aber flicke Schuh:
Was fehlt mir noch dazu?
Glugluglugu.

Noch heute keinen Tropfen getrunken! Das muß
der Pfarrer in die Dorfchronike bringen. — Heh!
Lene! lange mir das Fläschgen dort hinterm Bette
her!

(Die Edelfrau bringt ihm ein Branntweinfläschchen;
er läßt etwas fallen und bückt sich; indem er es aufheben will, gießt sie ihm das Wasser, das er neben
sich in dem Schußterfäßchen stehen hat, über den
Kopf, stürzt den Schemel um, und läuft davon.)

Jobsen alleine.

Nun das übersteigt alle meine fünf Sinne. Aus
dem Lamme so eine Wölfinn zu werden! Pulver,
Bley und Hagel! wo ich dich kriege! = =
Daß eine Frau sich mit dem Manne zankt,
Und was er thut, ihm mit dem Henker dankt,
Das seh ich ein!
Doch daß, wenn er sich ruhig hält,
Sie auf ihn her mit Schlägen fällt,
Das muß der Teufel seyn.

Unfehlbar ist sie auf den Edelhof gelaufen, um ihre
Residenz einzunehmen: — Nun ich will sie mit Ge-
sange wieder holen.

(Geht ab.)

Fünf-

Fünfter Auftritt.

(Junker Liebreichs Haus. Der Edelfrau Zimmer. Lene liegt auf einem seidenen Bette.)

Lene allein.

O! daß ich doch schön erwache! Was für süße Träume habe ich diese Nacht gehabt! — Ich dachte, ich
wäre im Paradiese, im Paradiese mit Leib und Seele! — Auf einem Bette voller Veilchen und Rosen,
und der angenehmste Mann an meiner Seite! ‑ ‑
(sie sieht sich um) Ah! der Himmel sey mir gnädig!
wo bin ich? — wie angenehm ist alles um mich her!
kein Garten im Frühlinge kann so reizend seyn. —
Ist das ein Bette? — Nun das Betttuch muß
wenigstens von Taffent seyn, so sanft ist es. ‑ ‑
Was für einen schönen seidnen Rock habe ich an! —
O Himmel! wenn es ja ein Traum ist, so wollte ich
wünschen, niemals wieder zu erwachen! Gewiß und
wahrhaftig! ich bin die letzte Nacht gestorben und in
Himmel gekommen, und das ist der! ‑ ‑ Ich kann
meine Finger bewegen? — das ist doch wunderbar; ich sollte denken, ich wachte. — Ey! was für
schöne Manschetten! ‑ ‑ der schöne Spiegel! ‑ ‑
die schönen Stühle! ‑ ‑ die schönen Wände! ‑ ‑

> Das ist der Himmel sicherlich!
> Wo kriegt ich sonst so schöne Sachen?
> O lasse, guter Himmel, mich
> Nicht wiederum erwachen! ‑ ‑
> Die schönen Bilder an der Wand,
> Die schönen Bänder um die Hand, ‑ ‑

D 2   Ich

Ich glaube gar, es heißt Geschmeide! ‚ ‚
Das Bett und dieser Rock von Seide! ‚ ‚
Und dieß ist alles, alles mein,
Gewiß, das muß der Himmel seyn!

Ah! was gräbbelt mir denn hinter den Ohren? —
(sie hascht darnach) verzweifelt, Ohrengehänge! ge=
wiß und wahrhaftig, Ohrengehänge! ‚ ‚ Ich muß
nur in Spiegel gucken! — (sie geht an Spiegel und er=
schrickt) Der Himmel sey uns gnädig! Was sehe ich?
— wahrhaftig, das bin ich nicht mehr! — aber
nein, ich bins, ich bins! ich fühle mich doch) ‚ ‚
Wer kömmt? — O wo verstecke ich mich? — Ich
will mich geschwind wieder aufs Bette werfen und
thun, als ob ich schliefe?

Sechster Auftritt.
Lene auf dem Bette, Hannchen.
Hannchen. (bey Seite)

Nun muß ich wieder mein Brummeisen wecken. —
Vor Mitternacht wird sie wenigstens nicht aufhö=
ren. — Der erste Gruß wird wohl Nickel oder Ra=
benaas seyn. ‚ ‚ Gnädige Frau! Gnädige Frau!

Lene.

O Gemine! wer ist da? — Was willst du, mein
liebes Kind?

Hannchen.

(Bey Seite) Mein liebes Kind! mein liebes Kind!
der beste Name, den ich diese drey Monate über von
ihr gehöret habe, ist Mutz und Hure gewesen. ‚ ‚

(zu

(zu Leren) Was für ein Kleid und welche Manschetten soll ich für Ihro Gnaden zurechte legen?

Lene.

(Bey Seite) Was meynt sie damit? — Ihro Gnaden? Kleid und Manschetten? gewiß, ich wache doch? — Ah der kluge Mann fällt mir ein, der hat mir ja alles voraus gesagt.

Hannchen.

Sagten Ihro Gnaden etwas?

Lene.

Ja, Kind! das Kleid will ich anziehen, das — das — das ich anhabe.

Hannchen.

Da ist Wunder vorgegangen! — Sie haben sich selbst angezogen, gnädige Frau?

Lene (verwirrt.)

Ich? ich? — ja, ja doch: — Ich wollte — heute früh — ein bischen spazieren gehen, und niemanden — gerne wecken.

Hannchen.

Das ist unbegreiflich! — Wollen Sie nicht wenigstens eine andere Haube aufsetzen?

Lene.

Ach! ach! — Sie giebt sich gar zu viel Mühe.

Hannchen.

(Bey Seite) Ich glaube gar, sie träumt. Zu viel Mühe!

Lene.

(Bey Seite) Wenn sie mich nur nicht erkennt wenn ich aufstehe: ich muß es aber doch wagen.

D 3 Hann=

Hannchen.

Reichen Sie mir die Hand, gnädige Frau, ich will Ihnen helfen.

Lene.

Nein, nein, mein liebes Kind! Ich will mir schon selber helfen.

Hannchen.

(Bey Seite) Liebes Kind! selber helfen! — Ich kann gar nicht zu mir selbst kommen.

Siebenter Auftritt.
Lieschen, die Vorigen.

Lieschen (ruft an der Thüre.)
(Lene besieht sich indessen und befühlt alles.)

(Von der Seite. St! St! Hannchen! ist die gnädige Frau aufgestanden?

Hannchen.

Ja wohl; ich bin ganz außer mir vor Freuden!

Lieschen.

Gewiß, weil der Schuh oder Pantoffel glücklich beym Kopfe vorbey geflogen?

Hannchen.

O! sie ist so freundlich, so gut . . Geh nur hin und sprich mit ihr.

Lieschen.

Du willst gewiß die Freude haben, daß mir ein Zahn eingeschlagen wird. Was hilfts? ich muß doch näher! — Gnädige Frau!

Lene.

Lene.

Was sagst du, mein Herz? = = (sie wird das andere Mädchen gewahr: bey Seite) O Himmel! noch eine! Was will diese wieder haben?

Lieschen.

Was befehlen Ihro Gnaden, das heute soll gemacht werden?

Lene.

Gemacht?

Lieschen.

Soll ich den Bänderlatz vollends fertig machen, oder am Rocke sticken?

Lene.

Ja, den Bänderlatz vollends fertig machen, oder am Rocke sticken; = = doch nein, heute brauchst du gar nichts zu machen.

Lieschen.

(Bey Seite) O Wunder über alle Wunder! wache ich oder = = oder träumen wir alle zugleich? Welch eine unglaubliche Veränderung!

Hannchen (bey Seite.)

Wenn das so fortgeht, so weiß ich nicht, was ich denken soll.

Lieschen.

Was befehlen Ihro Gnaden für eine Haube aufzusetzen? die à la Rhinoceros oder die en Capriolet? = = die Ciocolate ist auch fertig.

Lene.

(B. S.) O Gemine, was ist das? — Die Ciocolate, die Ciocolate will ich aufsetzen.

Lies=

Lieschen.

(Bey Seite) Die Ciocolate ansetzen? — sie hat
sich gewiß versprochen. — (Zu Lenen) Ich habe sie
gleich vom Feuer genommen, gnädige Frau! der
Bediente kann sie bringen, wenn Sie befehlen!

Lene.

Ja, ja, wie du willst, mein Kind! . . doch nein,
nein, itzt mag ich nicht trinken.

Lieschen.

Nun, so will ich sie aufheben.

Lene.

Das kannst du thun, liebes Kind! aber eine von
euch soll hier bleiben, daß ich nicht so alleine bin.

(Sie gehet, der Koch begegnet ihr unterwegens.)

Achter Auftritt.
Der Koch, die Vorigen.

Koch.

Ich gehe itzt, wie ein Dieb zum Galgen, da ich die
Befehle zur Mittagsmahlzeit abholen soll.

Lieschen.

O mein lieber Koch, Er wird sich zu Schanden
wundern; das ist eine Veränderung!

(Sie geht ab.)

Koch.

Gewiß vom Schimpfen zum Ohrfeigen! Mit Zit-
tern und Zagen wage ichs, ihr zu nahe zu kommen.

Lene (bey Seite.)

Ey! das ist ja wohl gar der Koch? sieht er doch

recht

recht vornehm aus? — (zum Koch) Guten Morgen, lieber Koch!

Koch.

Guten Morgen, lieber Koch! — Was mag das bedeuten?

Lene.

In der That, mein ehrlicher guter Mann, ich bin sehr hungrig! — O seyd doch so gut, und gebt mir ein Stückchen Ziegenkäse und ein Bischen Brod dazu!

Koch.

(Bey Seite) Hm! ehrlicher guter Mann? ich dachte, ich sähe wenigstens wie ein Flegel oder Schurke aus. — (zu Lenen) Ihro Gnaden belieben wohl gar mit mir zu spaßen? das würde ein schlechtes Frühstück für Ihren gnädigen Magen seyn. Ich kann aber den Augenblick ein gut Fricassee von jungen Hühnern oder ein Stückchen Kälberbrust anrichten, wenn Sie befehlen.

Lene.

Auch das, lieber Koch! Ich esse, was Ihr mir gebt.

Koch.

(Bey Seite) Lieber Koch! lieber Koch! ich werde noch vor Verwunderung zum Narren. — (zu Lenen) Es ist auch noch von gestern ein Stück gebratener Kapaun übrig.

Lene.

Nein, nein, Karthaunen esse ich nicht!

Koch.

Ich wollte es sonst auf den Rost legen.

D 5

Lene.

Lene.

Je nun, macht was Ihr wollt, ich will sehen, — aber, lieber Koch, Ihr machet Euch gar zu viel Mühe!

Koch.

Hehehehe, das hat mir noch keine Herrschaft in meinem Leben gesagt! — Eine allerliebste gnädige Frau! zu viel Mühe, zu viel Mühe! Sie belieben zu spaßen!

Neunter Auftritt.
Die Vorigen, Kellner.
Koch (zum Kellner.)

Gieb mir einen Schmatz, Kerl! Es gehen Wunder über Wunder vor: du wirst unsre Frau nicht mehr kennen! sie ist die leibhafte Sonne nach einem derben Platzregen.

Kellner.

Nun, Lieschen hat mir schon seltsames Zeug vorgeschwatzt; ich muß doch sehen, was für Wunder vorgehen.

Hannchen.

Hier ist der Kellner, gnädige Frau, und erwartet Ihre Befehle.

Lene.

Der Kellner? Ach Herr Kellner, könnte ich nicht was zu trinken kriegen, wenn mein Morgenbrod kömmt?

Kellner.

(Bey Seite) Hm! seit einer Nacht zum Herrn ge-
wor=

worden? ich bin ganz verfteinert! — Wollen Ihro
Gnaden etwan ein Gläschen Frontiniack oder Chine-
fer Sekt haben?

Lene.

(Bey Seite) O Gemine! was für wunderliche Na-
men! — doch ich darf mich nicht verrathen. —
Gut, gut, was euch beliebt, Herr Kellner!

Kellner geht ab und wiederholt im Gehen immer
die Worte:

Herr Kellner! Herr Kellner!

Zehnter Auftritt.
Der Kutscher, die Vorigen.
Kutscher im Hineintreten.

Ich glaube, fie find alle närrifch geworden: der
Koch ift aus einem Hundsfott ein lieber Koch, und
der Kellner aus einem Schlingel zu einem Herrn geworden, — zu was wird fie den Saufaus, den
Kutfcher, nicht machen?

Hannchen.

Der Kutfcher, Ihro Gnaden!

Lene.

(Bey Seite) Ach! auch ein Kutfcher! — Was
wollt ihr, guter Mann?

Kutfcher.

Hahahaha! Ich möchte gern wiffen, ob Ihro Gnaden heute ausfahren wollten, oder worinnen Sie
fahren wollten, daß ich die Wagen ein bischen pur-
giren kann. In der großen Glaskutfche, in der
Chaife oder im Phaeton?

Lene.

Lene.

Ey! das ist hübsch! — In allen mit einander! ⸗ doch nein, in der großen Glaskutsche, wenns Euch gefällt.

Kutscher.

(B. S.) Wenns euch gefällt? — Unfehlbar muß der Himmel bald einfallen; es ist nicht anders!

Lene.

Hört, lieber Kutscher, kann ich nicht die Glas⸗ kutsche sehen?

Kutscher.

O ja, ich muß sie so herausschieben. Ihro Gna⸗ den dürfen nur hier ins Cabinet kommen, da gehn die Fenster gerade auf den Hof. Kehren Sie sich nicht dran, wenn sie ein bischen voll Staub ist; ich will sie schon abrumpeln. — Heh! Hanne, kom⸗ me sie, und gebe sie mir die Schuppenschlüssel: sie hängen im Küchenschranke.

Lene.

Ja, ja, du kannst mitgehen, daß ich die Kutsche bald sehe. — O Gemine, die Kutsche!

(Kutscher und Hannchen gehn ab.)

Eilfter Auftritt.
Lene alleine.

Kaum glaube ich noch, daß ich wache! — Was für eine Menge Leute! — Und alle diese thun, als wenn sie vor Freuden außer sich wären, mir aufzu⸗ warten? Wie wenig kennen die Vornehmen ihr Glück!

Glück! — O über den klugen Mann! alles, alles
geht, wie er mirs vorher gesagt hat. Mein Kopf
ist mir ganz schwindlich.

> O seht doch Jobsen Zeckels Weib!
> Kennt ihr sie? sagt mirs wieder.
> Sonst deckte diesen zarten Leib
> Ein altes zeugnes Mieder:
> Da mußten stets die Finger gehn,
> Und am verwünschten Rade drehn;
> Doch itzt ists umgekehrt.
> Da sieht sie, wie ein Döckchen,
> In einem seidnen Röckchen,
> Ist vornehm und geehrt:
> Mit demuthsvollen Mienen
> Sucht jedes ihr zu dienen.

Aber bald hätte ich vergessen, die Kutsche zu sehen,
ey die Kutsche!

(Geht ab.)

Zwölfter Auftritt.
Herr von Liebreich, Kellner, Koch, Hannchen, Lieschen.

Kellner.

Ja, gnädiger Herr! die seltsamsten Neuigkeiten!
— Wir sind vor Verwunderung außer uns.

Hannchen.

So gnädig, so liebreich! = = das müssen sich Ihro
Gnaden gar nicht vorstellen können.

Lieschen.

Wir sind alle zu guten lieben Kindern geworden!
— O! die unvergleichliche Herrschaft!

Koch,

Koch.

Ja, es giebt nicht einen einzigen Schurken oder
Schlingel mehr unter uns.

Herr von Liebreich.

Ich glaube, ihr seyd alle zusammen verwirrt!
was giebts denn? was ist denn für eine Veränderung vorgegangen?

Kellner.

O Ihro Gnaden! das ganze Haus hat sich um-
gekehrt. Wir sind so erfreut, so erfreut = = die
glücklichsten Leute von der Welt!

Hannchen.

Ach! gnädiger Herr, die allerliebste gnädige
Frau!

Herr von Liebreich.

Wie? ist sie etwan todt?

Kellner.

Das wolle der Himmel nicht! sie ist die beste
Frau von der Welt = =

Koch.

So gnädig, so sanftmüthig = =

Lieschen.

Lauter Güte und Liebe = =

Herr von Liebreich.

Das ist wunderbar! Ich muß doch hinter die
Wahrheit kommen!

Kellner.

Ja, nicht anders! gehn Sie nur zu ihr. — Heysa! Es lebe unser gnädiger Junker und seine Gemahlinn, hoch!

Herr

Herr von Liebreich.

Wo ist sie denn?

Hannchen.

Sie muß nur den Augenblick hinausgegangen seyn; denn sie war vor einer kleinen Weile noch hier.

Herr von Liebreich.

Ich muß sie aufsuchen: — Vielleicht ist sie auf dem Saale, —

(Sie gehn ab.)

Dreyzehnter Auftritt.
Lene alleine, kömmt aus dem Kabinette zurück.

O Gemine! was das für eine schöne Kutsche ist! — Aber der kluge Mann sagte, ich sollte mich ja nicht verrathen, sonst würde das Aergste folgen. — Ich weis, daß ich schon mehr als einmal blutroth geworden bin: ich kann mich noch nicht recht in alle die Umstände schicken: — O was die Vornehmen für närrisch Zeug machen! Ich muß mit mir machen lassen, was sie mit mir machen wollen. ⸱ ⸱ Aha! ich muß doch noch einmal in Spiegel sehen? — hihihihi! was das für ein artiges feines Ding ist! Nein, ich sehe mir doch nicht ein bischen mehr ähnlich — Das Stückchen Spiegel, das an meinem Brodtschranke hängt, stellt mich ganz anders vor. Aber vielleicht betrügt mich auch dieser Spiegel. Die vornehmen Damen, wie ich gehört habe, sollen sehr schmeichelnde Spiegel haben; in unsern sehen wir immer nicht besser, als wir sind.

F. I.

v. 1.

Mädchen in der großen Welt, — —
(Glichen sie auch selbst den Affen,)
Können sich durch Kunst und Geld,
Sagt man mir, Gesichter schaffen.
Lilienweiß und Rosenroth
Sieht man oft auf ihnen prangen.
Trauet nicht
Dem Gesicht,
Drunter sitzt auf bleichen Wangen
Oft die Seuche mit dem Tod.

v. 2.

Die Gestalt, die die Natur
Häßlich oder schön gegeben,
Bleibt uns Mädchen auf der Flur
Immer gleich, so lang wir leben.
Unsre Schmink ist unser Bach,
Blumen, von uns selbst gepflücket. —
Das Gesicht
Lüget nicht:
Doch erborgter Reiz entzücket
Selten lange, immer schwach)!

Ach! der Himmel sey uns gnädig! wer kömmt? —

Vierzehnter Auftritt.

Lene, Herr von Liebreich, Lieschen.

Lieschen.

Hier ist sie! = = Madam, der gnädige Herr, Ihr
Gemahl.

(Geht ab.)

Lene;

Lene.

(Bey Seite) O Genine! dieser hübsche Herr ist mein Mann?

Herr von Liebreich.

Mein liebster Schatz, ich bin vor Freuden außer mir! — Ich finde das ganze Haus über Ihre Veränderung voll Entzücken.

Lene (ein wenig betreten.)

Ich, mein Herr? ich sollte im Stande seyn, Ihr ganzes Haus in Entzücken zu setzen? das wäre mir zwar sehr lieb: denn ich sehe es lieber, wenn sich die Leute über mich freuen, als wenn sie über mich weinen. Aber = =

Herr von Liebreich.

Unvergleichlich! Allerdings ist dieß eine Glückseligkeit, die man sich durch keine Schätze erkaufen kann. Wie glücklich werde ich seyn, mein bestes Kind, wenn Sie bey diesen Gesinnungen beharren!

Lene.

Und warum sollte ich nicht? es bemüht sich ja jedes, mir hier zu gefallen?

Herr von Liebreich.

Nein, sagen Sie mir, englisches Kind, ist es Ihr Ernst? darf ich trauen? oder = =

Lene.

Ich schwöre Ihnen, hier auf den Knien schwöre ich, daß, was ich sage, mein ganzes Herz redet.

(Sie will niederknieen.)

Herr von Liebreich.

Halt! was machen Sie? ich verlange keine solche

(Zweyter Band.)   E   Der

Demüthigung von Ihnen.   Ich glaube alles, und
bin so glücklich, daß ich mein Glück mit nichts zu
vergleichen finde! — O meine beste, meine schön=
ste, meine liebste! = =

Lene.

Reizender, englischer, angenehmer Mann —
(bey Seite) Riecht er doch über und über, wie ein
Blumenstrauß! — Der Himmel bewahre mir mei=
nen Verstand!

Duett.

H.v.L. Was gleichet, schönster Engel, dir!
Lene. (B. S.) O welche Freuden find ich hier?
(z.H.v.L. Sie schenkten Ihre Liebe mir,
    Wie hab ich sie gegeben? —

(B. S.) Welch Glück! für einen Mann, wie dieser ist,
               zu leben.

H.v L. Komm, laß mich deinen Kuß erfreun.
Lene. Dieß möchte zu viel Ehre seyn.

                        (Er küßt sie.)

H. v. L. Was gleicht dem angenehmen Kinde
Lene. Und was der Lust, die ich empfinde,
    Noch nie hab ich, wie itzt, geschmeckt,
    Welch Glück in einem Kusse steckt!

H. v. L. Und keinen, ja keinen der vorigen Küsse
    Fand ich so lieblich, so reizend, so süße! = =
    O laß dich in die Arme schließen! = =

Lene. So wag ichs, Sie aufs neu zu küssen. —
    Ach wie bezaubernd ist mein Glück!

H. v. L. Hier hast du deinen Kuß zurück!

Lene. Kann ich ihn doch auch wiedergeben = =
    Welch himmlisches, welch glücklich Leben!

                                    Herr

Herr von Liebreich.

Kommen Sie, mein liebstes Kind! Ich muß Ihnen ein kleines Geschenke machen.

Lene.

O ein Geschenke! ein Geschenke! der allerliebste Mann!

(Sie folgt ihm.)

Ende des zweyten Aufzugs.

Dritter Aufzug.

Erster Auftritt.
Kellner, Edelfrau.

Kellner.

Wie? was? wer seyd Ihr? was untersteht Ihr Euch?

Edelfrau.

Unverschämter Galgenvogel! kennst du deine Frau nicht mehr? Du willst mich nicht in mein eigen Haus lassen?

Kellner.

Fort! oder ich werfe dich zur Thüre hinaus! – Dein eigen Haus? hahaha!

Edelfrau.

Du schändlicher Kerl! da hast du was.

(Sie giebt ihm eine Ohrfeige.)

Kellner.

Warte! warte! es ist ein guter Wassertrog unten, da will ich dir das Müthchen abkühlen.

Edel

Edelfrau.

Mord! Mord! zu Hülfe!

Zweyter Auftritt.

Herr von Liebreich, Lene, die Vorigen.

Herr von Liebreich.

Was giebts hier für ein Lärmen?

Kellner.

Je, gnädiger Herr, da ist ein rasendes Weib.
Sie spricht, sie wäre die gnädige Frau, das Schloß
da wäre ihre, wir alle wären ihre, und stößt und
schlägt, wie ein unbändiges Pferd, um sich.

Lene (die sie jähling erblickt.)

Der Himmel sey mir gnädig, was ist das?

(Sie kriecht auf die Seite.)

Herr von Liebreich.

Das arme Geschöpf! sie muß verrückt seyn! —
Gutes Weib, Ihr werdet Euch wohl irren; ich erin-
nere mich nicht, Euch jemals gesehen zu haben.

Edelfrau.

Also willst du mich auch nicht kennen, du Urhe-
ber alles meines Elends? bin ich nicht deine Frau?
— rede!

Herr von Liebreich.

Nein, sage ich Euch: beruhiget Euch. — Wo
seyd Ihr denn her? ich will gern für Euch sorgen.

Edelfrau.

Ah der Bösewicht! — Hier vom Schlosse bin ich!
ich bin = = ach! durch Zauberey bin ich weggebracht
worden!

Herr

Herr von Liebreich.

Durch Zauberey! — Kellner, schickt geschwinde
nach einem Balbier! da ist kein besser Mittel, als
daß man ihr eine Ader schlägt.

(Kellner geht ab.)

Edelfrau.

Wie? nach dem Balbier? Ich kratze dir und ihm
die Augen aus.

Herr von Liebreich.

So muß ich Gewalt brauchen.

Lene.

(Bey Seite, indem sie sich immer zu verbergen sucht.)

Ich weis vor Angst nicht, wo ich hin soll! Sie
sieht, wie ich, aus, und doch bin ich auch selbst
hier! — O wäre ich doch wieder bey meinem Zeckel!

Edelfrau (wird sie gewahr.)

Himmel! was sehe ich? mich in leibhafter Gestalt,
wie ich gestern war? — Ich bin des Todes!

Herr von Liebreich.

Das arme unglückliche Weib! — ich sage Euch,
ich will für Euch sorgen: sagt nur, was Ihr verlangt?

Edelfrau.

Weg! laßt mich in Spiegel sehen. — (Sie geht
an Spiegel) O es ist um mich geschehn! ich kenne
mich selbst nicht mehr! was ist aus mir geworden?
— Ich werde noch verzweifeln.

Herr von Liebreich.

Ich will nur jemanden rufen: (zu Lenen) fürch-

E 3   ten

ten Sie sich nicht, mein Kind! ich bin gleich wieder hier.

(Indem er hinausgehen will, tritt Jobsen herein.)

Dritter Auftritt.
Jobsen, die Vorigen.

Edelfrau.

O wehe mir! hier ist der Teufel, der mich so gemartert hat.

Jobsen.

Ja, und hier ist auch mein Knieriem.

Lene.

Ach! mein Liebster! = = Jobsen! = = er wird mich gewiß schlagen.

Herr von Liebreich.

Das soll er sich unterstehen! — (zu Jobsen) Ist es also Eure Frau?

Jobsen.

Ja, leider! bin ich mit dem Thierchen heimgesucht. Aber Ihro Gnaden werden ihr verzeihen. Sie hat gestern Abends mit einem Herenmeister getrunken; der hat ihr unfehlbar so was ins Saufen geschüttet; denn von Stund an ist sie närrisch geworden, und behauptet, dem Teufel zum Trotz, sie sey die gnädige Frau Junkern; aber ich will sie bejunkern, daß sie an mich denken soll.

Herr von Liebreich.

Das arme Weib! schlagt sie nicht! sie wird schon wie=

wieder zu sich selbst kommen, oder wenigstens von
ihrer Einbildung können geheilet werden.

Jobsen.

O ja! und wenns Ihro Gnaden gefällt, so will
ich gleich die Cur in Ihrer Gegenwart vornehmen.
— Heh! siehst du das? *(Er schwenkt den Knieriem.)*

Lene.

Lieber Zeckel! schlage mich nicht!

Herr von Liebreich.

Was sagen Sie? = = Himmel! sie wird doch nicht
von ihrer Raserey angestecket werden! — Schafft
Eure Frau fort, mein Freund!

Edelfrau.

O wie wird mirs ergehen! Ich habe mein Unglück
verdient.

Jobsen.

Nun so darfst du nicht murren, wenn dir der Knieriem auf dem Buckel herum tanzt.

Lene.

Ach! es wird mir ganz finster vor den Augen!

Herr von Liebreich.

Kommen Sie, legen Sie sich aufs Bette! —
(Er führt sie an die Thüre) Ist niemand da? — *(Es
kömmt eine von den Mädchen)* Gebt ihr ein Glas fri-
sches Wasser: ich will gleich bey ihr seyn. — *(Zu
Jobsen)* Führt Eure Frau nach Hause und begegnet
ihr vernünftig!

Jobsen.

Ihro Gnaden nehmens nur nicht übel! Sie soll
E 4　　　　　aber

aber nicht einen Fuß wieder über Ihre Schwelle setzen.

Edelfrau.

O was wird aus mir werden!

(Jobsen und Edelfrau gehen ab.)

Vierter Auftritt.
Ein Bedienter, Herr von Liebreich.
Bedienter.

Gnädiger Herr, der Doktor, der gestern hier war, bittet um die Erlaubniß, nur ein Paar Worte mit Ihnen in einer sehr wichtigen Angelegenheit zu sprechen.

Herr von Liebreich.

Laßt ihn herein kommen. — Was mag er; bey mir wollen?

Fünfter Auftritt.
Zauberer, Herr von Liebreich.
Zauberer.

Hier auf meinen Knien bitte ich Ihro Gnaden wegen eines gewissen Unternehmens um Vergebung, das ich aus Rache gethan, aber das vielleicht zu Ihrem eignen Glücke ausschlagen wird.

Herr von Liebreich.

Und was ist das?

Zauberer.

Ich habe mich an Ihrer Gemahlinn durch meine

Kunst

Kunst für die gestrige harte Begegnung gerächet.
Ich habe sie auf einige Stunden in des Schuster
Jobsen Zeckels Weib verwandelt, und dessen seine
Frau in die Ihrige.

Herr von Liebreich.

Was höre ich!

Zauberer.

Ich hätte solches verhehlen können: aber = =

Herr von Liebreich.

O warum habt Ihrs nicht gethan? — Also ha=
be ich eine Glückseeligkeit nur auf einige Augenblicke
genossen, um mein Unglück ein ganzes Leben hin=
durch desto stärker zu fühlen?

Zauberer.

Beruhigen Sie sich, gnädiger Herr! die Wirkung
davon wird unfehlbar zu Ihrem Vortheile ausschla=
gen.

Herr von Liebreich.

Ach! wie kann ich das vermuthen?

Zauberer.

Der Schuster hat sie diese kurze Zeit über so ge=
demüthiget, daß ich gewiß hoffe, sie wird es nim=
mermehr wieder wagen, widerspänstig, zänkisch,
geizig und ungehorsam zu seyn.

Herr von Liebreich.

Unmöglich!

Zauberer.

Zweifeln Sie nicht! Sie hat seit einigen Augen=
blicken die lebhaftesten Merkmale Ihrer Reue ge=

E 5

geben.

geben. — Inzwischen, wenn Sie befehlen, so kann ich auch diese Verwandlung auf beyden Theilen unterhalten.

Herr von Liebreich.

Nein, da ich es weis, würde es ein Verbrechen seyn. — Es gehe, wie es wolle, so gebt jeder ihre eigenthümliche Gestalt wieder.

Zauberer.

Im Augenblick, und vielleicht — (ich sage es noch einmal) wird dieser der glücklichste Ihres Lebens seyn!

Herr von Liebreich.

Halt! es ist noch ein wesentlicher Umstand übrig ⸗ ⸗

Zauberer.

Ich weis, was Sie sagen wollen. Besorgen Sie nichts! Ehe ich sie noch in sein Bette geführet, habe ich ihn heraus bringen lassen: und seit der Zeit hat er sie beständig so gezüchtiget, daß Sie, wie ich hoffe, die Früchte seiner Fäuste genießen werden. — Ich verlasse Sie, leben Sie wohl!

(Geht ab.)

Herr von Liebreich.

Nun, ich erwarte es: sonst werde ich mich gewiß rächen.

Sechster Auftritt.
Herr von Liebreich, Jobsen.
Herr von Liebreich.

Nun, Meister Jobsen, wo ist Eure Frau? was machet sie?

Jobsen.

Jobſen.

Je, ich habe ſie nicht von der Stelle bringen kön=
nen, und komme eben deswegen, Ihro Gnaden um'
Vergebung zu bitten. Sie liegt hier vor der Thüre.
Ich dachte immer gar, es würde ihr die Seele aus=
fahren. Da ich hinaus auf den Saal kam, fiel ſie
mir in eine ſolche Ohnmacht, daß ich ſie durch nichts,
als ein Paar derbe Zwicke in die Naſe, und ein hal=
bes Dutzend Hiebe wieder zu ſich ſelber bringen
konnte.

Herr von Liebreich.

Laßt ſie doch herein kommen.

Jobſen.

Heh! Frau! herein!

Siebenter Auftritt.
Die Vorigen, der Kellner.
(Dieſer bringt die Frau von Liebreich geführt; er hat
ein Licht in der Hand, und hält es ihr vor, um ſie
zu beſehen.)

Kellner.

Nun wie hälts? — (er erkennt ſie) O Himmel
und Erde! iſt dieß nicht unſere Edelfrau?

Jobſen.

Närriſcher Kerl, nun fängſt du ſie an in eine
Edelfrau zu verwandeln, da ſie mich zuvor zu einem
Edelmanne machen wollte? (Er ſieht ſie an.) Wie?
was? zum Henker, das iſt ſie! — Blitz und Hagel!
wie geht das zu?

Kellner.

Kellner.

Ich dachte mirs bald, daß jene zu gut für uns wäre. Der Himmel sey mir gnädig! nun werde ich den Wassertrog angestrichen kriegen.

Edelfrau.

Ach! werden Sie mich noch nicht kennen, gnädiger Herr? Mit Recht haben Sie mich vorhin verläugnet. Ich habe es verdienet, und denke mit Thränen und Reue an mein vergangenes Bezeigen. Wollen Sie mich aber wieder aufnehmen, so soll der Rest meiner Tage in einer immerwährenden Bemühung, Ihnen und andern gefällig zu seyn, bestehen.

Herr von Liebreich.

Von ganzem Herzen! Ist diese Gesinnung Ihr wahrer Ernst, so werden Sie mich zum glücklichsten Manne in der Welt machen.

Jobsen.

Was tausend! soll ich mein Weib verliehren? das Ding geht nicht an, gnädiger Herr: — Wenn sie allenfalls noch ein zehn Jahre älter wäre: aber - -

Ein Weib, das munter, jung und flink,
Ist wirklich doch ein artig Ding:
Ihr niedliches Schmeicheln,
Ihr schelmisches Heucheln
Bezaubert uns auf tausend Art:
Bald krabbelt sie mich an den Bart;
Bald heißet sie mich um die Wette:
„Mein Zeckel, mein Schatz;“
Ich krieg sie beym Latz,
Und wir gehn schäkernd zu Bette.

Achter

Achter Auftritt.
Die Vorigen, Lieschen, Hannchen.
Lieschen.

Gnädiger Herr! wir sind ganz außer uns! Es hat sich die wunderbarste Begebenheit zugetragen: die gnädige Frau hat eine solche Ohnmacht gehabt, daß wir sie fast für todt hielten.

Jobsen.

Wieder eine Ohnmacht? was wird endlich aus den Ohnmachten allen herauskommen? Sie hätten nur meinen Knieriem zu Hülfe hohlen dürfen.

Hannchen.

Und da sie wieder zu sich selbst kam, so sah sie des Schusters Frau so ähnlich = =

Herr von Liebreich.

Sonderbar genug!

Jobsen.

Meiner Frau? über das närrische Zeug! hahaha!

Lieschen (wird die Edelfrau gewahr.)

Himmel! da steht unsere Edelfrau!

Edelfrau.

Fürchtet nichts, meine Kinder! ihr sollt ins künftige alle durch mich glücklich werden.

Herr von Liebreich.

Ich weiß das ganze Räthsel! (zu den Mädchen) Geht, hohlt die Musikanten: dieser Tag soll auch für Euch ein Festtag seyn, so wie er es für mich ist! Bittet eure Freunde und Nachbarn zusammen!

(Mädchen gehen ab.)

Neun=

Neunter Auftritt.
Lene, die Vorigen.

Jobsen.

Das Ding ist alles ganz gut! aber noch einmal:
Sie behalten meine Nebenfrau für sich, gnädiger
Herr, und jene hat sich verwandelt! Wo zum Henker komme ich zu meiner Frau wieder? = = ha, da
kömmt ja ein Ding, das Zeckels Lenen ähnlich
sieht.

Lene (kömmt ganz betäubt.)
Mir ist — ich weis nicht wie?
Nein: so was fühl ich nie!
Schwarz war mir vorm Gesicht,
Ich sah, ich hörte nicht:
Noch ist es mir im Kopf ganz tumm;
Die Erde läuft mit mir herum:
Nein, so was fühl ich nie!
Mir ist — ich weis nicht wie?
(Sie wird Jobsen gewahr.)
Je, Jobsen, bist du da?

Jobsen.

Bist dus, oder bist dus nicht? Die schönen Kleider sehen dir nicht ähnlich, und dem Gesichte nach
= = Wahrhaftig! wie ein Tropfen Wasser dem andern!

Herr von Liebreich.

Es ist allerdings deine Frau, und eine liebe, gute
Frau.

Lene.

Lene.

O ja ich bins, mein Herz sagt mirs, wenn mich
gleich der Hexenmeister ein Weilchen zu einer hüb-
schen Frau gemacht hatte.

Jobsen.

Also gefiel dir doch das Ding? = = Gnädiger Herr,
gnädiger Herr! es juckt mir die Stirne gewaltig!

Herr von Liebreich.

Sey ruhig, Jobsen! außer einem Kuß = =

Jobsen.

Ich muß es glauben, und will es glauben: ich
könnte es doch nicht ändern:

Was ich nicht weis,

Macht mir nicht heiß:

Ein Mann, der zuviel wissen will,

Erfährt

Mehr, als er gerne hört:

Drum, ist er klug, so schweigt er still;

Denn was er nicht weis,

Das macht ihm nicht heiß,

Und er erfährt

Nicht mehr, als er wohl gerne hört.

Lene, komm, gieb mir einen Schmatz! = = Aber
nein; es wäre um die schönen Kleider Schade, wenn
du sie beschmutztest: du siehst darinnen wie was rechts
aus.

Kleider machen Leute,

Kränze machen Bräute,

Und ein weißer Federhut

Steht auch manchem Dummkopf gut:

Sieht

Sieht man Lenen ihren Mann,
Meister Jobsen Zeckeln, an?
Ja doch, nur nicht heute!
Kleider machen Leute.

Lene.

Ach! geh du immer her, Jobsen. Ich merke doch,
daß ich die schönen Kleider wieder abgeben muß,
und alsdann ists einerley, ob sie beschmutzt sind
oder nicht.

Herr von Liebreich.

Nein, meine gute Frau! Ich weis, meine Gemahlinn williget drein, daß Ihr sie zum Andenken
dieser Begebenheit behaltet.

Edelfrau.

Von Herzen gern! und ich will Euch noch ver-
schiedenes zusammen suchen, damit Ihr Euch einen
rechten Sonntagsstaat zusammen machen könnt.

Lene.

O Gemine, Jobsen, die schönen Kleider sind meine! Wie vornehm will ich nicht darinnen thun!

Ob mir die schönen Kleider stehn?
Das ist die Frage nicht:
Hat man ein artiges Gesicht,
So steht uns alles, alles schön:
Ich bin noch jung: wie kann es anders seyn?
Nicht wahr, ihr Herren, die Kleider stehn mir fein?
Nicht wahr?

Jobsen.

Werde mir nur nicht zu vornehm! die Vorneh-
migkeit taugt bey Weibern nicht viel, denn sie sehen
darnach die Männer nur für ihre Hofnarren an.

Herr

Herr von Liebreich.

Darzu ist Eure Frau zu bescheiden! Begegnet ihr nur, wie es einem vernünftigen Manne zukömmt.

Jobsen.

O Ihro Gnaden glauben nicht, was für Vernunft in meinem Knicrieme steckt. = = Noch eins, gnädige Frau! bald hätte ich vergessen, Sie um Verzeihung zu bitten, daß ihn auch die Vernunft ein bischen zu sehr bey Ihnen übereilet hat.

Edelfrau.

Stille, Jobsen! — Mein lieber Gemahl! leihen Sie mir Ihre Börse. — Da, Meister Jobsen, habt Ihr etwas für die Ohrfeige, die ich Euch gegeben.

Jobsen.

Gnädige Frau, wenn Sie alle Ohrfeigen so bezahlen, so werde ich mir gelegentlich mehr ausbitten. = = (bey Seite) hätte ich doch das Ding vorher gewußt, ich hätte ihr noch zu mehrern wollen Gelegenheit geben!

Heysa, heh! nun hab ich Geld,
Braucht man sonst was in der Welt?
Dieß giebt selbst Verstand den Thoren,
Und macht Schöpse hochgebohren.
Wollt ich ist noch Junker seyn?
Geld nur her! man geht es ein:
Doch ich bin kein Dummkopf! Nein. —
„Herr von Zeckel‟ pfui, nein, nein;
Meister Zeckel klingt recht fein;
Und es sprächen doch die meisten:
Schuster, bleib bey deinem Leisten!

Herr

Herr von Liebreich.

„Ihr habt Recht, Zeckel, kauft Euch dafür Leder und arbeitet fleißig.

Jobſen.

: Heh! nun bin ich der König von allen Schuhflik-kern! Lene, hier haſt du meine Hand — du ſollſt keinen Schlag mehr von mir kriegen, es müßte es denn das Hausregiment erfordern.

(Man hört hinter dem Theater ein freudiges Getös und Inſtrumenten ſtimmen.)

Herr von Liebreich.

Was giebts denn draußen?

Zehnter Auftritt.
Die Vorigen, der Kellner und die Bedienten.

Kellner.

Das Hausgeſinde Ihro Gnaden möchte gern die-ſen Tag recht vergnügt begehen, ſo wie Sie ihnen die gnädige Erlaubniß gegeben haben, und fragt al-ſo = =

Edelfrau.

Ich dächte, mein liebſter Gemahl, wir ließen ſie hereinkommen? Ich werde dadurch um ſo eher die-ſer Leute Liebe wieder gewinnen, die ich durch meine Strenge ſo ſehr wider mich aufgebracht habe.

Herr von Liebreich.

Von Herzen gerne! Sie wiſſen nur zu gut, was es mir für eine Freude machet, wenn ich alles um mich

mich her glücklich sehe. (Zum Kellner) Sie mögen
herein kommen!

Jobsen.

Das ist brav! es wird noch zum Beschluß etwas
zu saufen geben! — Nicht wahr, gnädiger Herr,
ich bin mit die Hauptperson im Spiele?

Herr von Liebreich.

Das versteht sich.

Eilfter Auftritt.
Die Vorigen.

(Es kommen die Bedienten nebst den Mädchen. Der
Koch zerret sich mit dem blinden Musikanten unter
der Thüre herum, und reißet ihm seinen Stock aus
der Hand.)

Andreas, (der blinde Musikante.)

Heh! mein Stock! mein Stock! laßt mich fort!
ich will nicht hinein, und wenn ihr mich in Stücken
zerrisset: — ich will nicht noch einmal meine Geige
an mir zerschlagen lassen.

Koch.

Vater, seyd kein Narr! Unsere gnädige Frau ist
itzt die beste Herrschaft von der Welt!

Andreas.

Es trau ein anderer! Der Teufel müßte sich selbst
ins Spiel gemischt haben: denn wenn eine böse Frau
gut werden soll = =

Koch, (hält ihm das Maul zu.)

Halts Maul! sie ist selbst da.

F 2

Koch:

Edelfrau.

Seyd ruhig, guter Mann: ich will euch das Vorige abbitten! und ihr sollt wöchentlich einen kleinen Gehalt von mir haben.

Andreas.

Ja das ist etwas anders, gnädige Frau! der Himmel vergelte Ihnen Ihre Prügel!

Jobsen.

Der Puckel fängt mir ordentlich darnach an zu jucken; = = heh! ich dächte, wir tränken eins herum, und stimmten eins dazu an?

Kellner.

v. 1.

Wenn eine Frau das Joch zerbricht,
Dem Manne trotzt ins Angesicht,
Ihm schmäht und zänkisch widerspricht:
Wie beugt er sie? durch Schmeicheleyn,
Durch Freundlichkeit und Demuth? Nein!
Nur durch den Knieriem kann es seyn.

(Die Antwort wird von den übrigen allezeit wiederholt.)

Lieschen.

v. 2.

Doch wenn der Mann ein Wütrich ist,
Von Wein und Bier stets überfließt,
Sich pflegt und seine Frau vergißt:
Gewinnt sie ihn durch Schmeicheleyn,
Durch Freundlichkeit und Sorgfalt? Nein!
Sie kans nichts anders thun, als schreyn.

Koch

Koch.

v. 3.

Wenn sich die Frau dem Spiel ergiebt,
Den Mann erst nach der Karte liebt,
Und sich bey ihm in Diebstahl übt:
Bekehrt er sie wohl durch Verzeihn,
Durch Bitten und Geschenke? Nein!
Er kann nicht anders, als sie bläun.

Hannchen.

v. 4.

Doch wenn der Mann, wie eine Pest,
Umher schleicht, Geld zusammen preßt,
Und seine Frau verhungern läßt:
Wie hilft sie sich? durch ängstlich Schreyn,
Durch Sparsamkeit und Betteln? Nein!
Da muß der Mann betrogen seyn.

Jobsen.

v. 5.

Wenn eine Frau den Mann verschmäht,
Und wo ein andrer Haushahn kräht,
Den Kamm wollüstig nach ihm dreht;
Was muß er thun? geduldig seyn,
Und Reverenze machen? Nein!
Er klopft sie aus und sperrt sie ein.

Lene.

v. 6.

Und wenn der Mann das Land durchstreift,
Zu andern jungen Weibern läuft,
Dort freundlich ist, zu Hause keift:
Wie? soll sie noch gehorsam seyn,
Und sich zu Tode grämen? Nein!
Dann ladet sie den Nachbar ein.

F 3   Andreas.

Andreas.

Ey zum Henker! da ist meine Geige: ich will kein Narr mehr seyn und umsonst vorgeigen.

Herr von Liebreich.

So gebt doch dem armen Manue etwas zu trinken!

Kutscher.

Ey, er kann den Bogen mit Calfonium streichen: darzu braucht er weder Wein noch Puntsch.

(Sie geben ihm etwas zu trinken.)

Kellner.

Ich dächte, die gnädige Herrschaft erlaubte uns auch ein Tänzchen. Es schmeckt dazu ein guter Trunk noch einmal so gut!

Edelfrau.

Thut alles, meine Kinder, was Euch einiges Vergnügen machen kann. — Kommen Sie, liebster Gemahl, damit wir sie nicht durch unsere Gegenwart stören. Die Freude verlangt Freyheit.

Herr von Liebreich.

Welch ein glücklicher Tag für mich und für uns alle!

Alle.

Es lebe unser gnädiger Herr und seine liebe Gemahlinn!

(Der Herr und Frau von Liebreich gehen ab.)

Jobsen.

O herrliche Frucht meines Knieriems!

Kellner.

Nun komm, Jobsen, laß uns eins tanzen.

Jobsen.

Jobsen.

Tanzt immer zu, ihr Herren! Ich bin kein großer
Freund vom Tanzen, (bey Seite) und kann indeſſen
einen Schluck mehr thun.   Die Gelegenheit kömmt
nicht alle Tage!

Kutſcher.

Nun, Vater Andres, spiel auf!

Andreas.

Nicht rühr an, wenn ich nicht was zu trinken
kriege!

Alle.

Der Teufel ist ein böser Mann,
Er stiftet lauter Unheil an;
Doch oft betrugt er sich: Wie gut
Wirkt oft das Böse, das er thut.

Kellner.

V. 1.

Meliſſe läßt ſich etwas nehmen,
Was Jungfern ſich zu nennen ſchämen,
Und ſie beweinet ihr Geſchick:
Doch hätte man ihrs nicht genommen,
Sie hätte keinen Mann bekommen;
Ihr Unglück ist ihr Glück.

Andreas.

Zu trinken her, oder —

Alle.

Der Teufel ist ein böser Mann ꝛc.

Lieschen.

V. 2.

Melamp, zu stetem Zank gebohren,
Als er jüngst im Proceß verlohren,
Verfluchte tobend ſein Geſchick:
Seit dem hat er den Zank vermieden,

$ 4   Und

Und lebt mit jedermann in Frieden;
Das Unglück ist sein Glück.

Andreas.

Heh! was zu trinken her! —

Alle.

Der Teufel ist ein böser Mann ꝛc.

Koch.

v. 3.

Der Wuchrer Star, dem Krieg gewogen,
Der falsch gemünzt, das Land betrogen,
Schmählt igt im Frieden aufs Geschick:
Igt hätt er Zeit, es zu bereuen;
Doch plagt der Teufel ihn vom neuen,
So kennt er nicht sein Glück.

Andreas.

Nun, wenn wirds? wo ich nichts zu trinken kriege —

Alle.

Der Teufel ist ein böser Mann ꝛc.

Hannchen.

v. 4.

Cleant versaget seinem Weibe
Spiel, Tanz, und andre Zeitvertreibe,
Und sie klagt über ihr Geschick:
Doch hätt er ihr stets nachgegeben,
Igt mußte sie vom Spinnen leben;
Ihr Unglück ist ihr Glück.

Ans Parterr.

Jobsen und Lene.

Behaupten kritische Korsaren,
Der Teufel sey in die gefahren,
Die unsern Teufel nicht verschmähn:
O widerlegt die Splitterrichter
Durch Beyfall, freundliche Gesichter,
Und kommt, ihn oft zu sehn.

Alle.

Der Teufel ist ein böser Mann ꝛc.

Der

www.ingramcontent.com/pod-product-compliance
Lightning Source LLC
Chambersburg PA
CBHW020046030726
47499CB00007B/2608